The Strange Case of Dr Jekyll and Mr Hyde
El extraño caso del Dr. Jekyll y Mr. Hyde

Robert Louis Stevenson

The Strange Case of Dr Jekyll and Mr Hyde
El extraño caso del Dr. Jekyll y Mr. Hyde

Texto paralelo bilingüe
Bilingual edition

Ingles - Español
English - Spanish

texto en español, traducido del inglés por Guillermo Tirelli

Rosetta Edu

Título original: *The Strange Case of Dr Jekyll and Mr Hyde*

Primera publicación: 1886

Primera edición: Marzo 2023

Publicado por Rosetta Edu
Londres, Marzo 2023
www.rosettaedu.com

ISBN: 978-1-915088-56-7

Páginas enfrentadas
Páginas enfrentadas de la traducción y texto original en libros impresos.

Párrafos alineados en libros impresos
En libros impresos, los párrafos alineados entre los dos idiomas facilitan la comparación y la comprensión, ahorrando la necesidad de referirse constantemente al diccionario.

Párrafos enlazados en libros electrónicos
En libros electrónicos la comparación y la comprensión son facilitadas por citas al pie colocadas al principio de cada párrafo enlazando el texto en el idioma original y su traducción.

Integridad y fidelidad
Traducciones íntegras, fieles y no abreviadas del texto original.

Cuidado del vocabulario
Traducciones especiales para ediciones bilingües, con especial cuidado por la hegemonía de vocabulario utilizando glosarios en el proceso de traducción.

Contexto educativo
Ediciones enfocadas a estudiantes intermedios y avanzados del idioma original del texto en libros coleccionables y aptos para el contexto educativo.

INDICE

STORY OF THE DOOR

Mr. Utterson the lawyer was a man of a rugged countenance that was never lighted by a smile; cold, scanty and embarrassed in discourse; backward in sentiment; lean, long, dusty, dreary and yet somehow lovable. At friendly meetings, and when the wine was to his taste, something eminently human beaconed from his eye; something indeed which never found its way into his talk, but which spoke not only in these silent symbols of the after-dinner face, but more often and loudly in the acts of his life. He was austere with himself; drank gin when he was alone, to mortify a taste for vintages; and though he enjoyed the theatre, had not crossed the doors of one for twenty years. But he had an approved tolerance for others; sometimes wondering, almost with envy, at the high pressure of spirits involved in their misdeeds; and in any extremity inclined to help rather than to reprove. "I incline to Cain's heresy," he used to say quaintly: "I let my brother go to the devil in his own way." In this character, it was frequently his fortune to be the last reputable acquaintance and the last good influence in the lives of downgoing men. And to such as these, so long as they came about his chambers, he never marked a shade of change in his demeanour.

No doubt the feat was easy to Mr. Utterson; for he was undemonstrative at the best, and even his friendship seemed to be founded in a similar catholicity of good-nature. It is the mark of a modest man to accept his friendly circle ready-made from the hands of opportunity; and that was the lawyer's way. His friends were those of his own blood or those whom he had known the longest; his affections, like ivy, were the growth of time, they implied no aptness in the object. Hence, no doubt the bond that united him to Mr. Richard Enfield, his distant kinsman, the well-known man about town. It was a nut to crack for many, what these two could see in each other, or what subject they could find in common. It was reported by those who encountered them in their Sunday walks, that they said nothing, looked singularly dull and would hail with obvious relief the appearance of a friend. For all that, the two men put the greatest store by these excursions, counted them the chief jewel of each week, and not only set aside occasions of pleasure, but even resisted the calls of business, that they might enjoy them uninterrupted.

HISTORIA DE LA PUERTA

Mr. Utterson, el abogado, era un hombre de semblante áspero al que nunca iluminaba una sonrisa; frío, escaso y vergonzoso en el discurso; retrógrado en los sentimientos; delgado, largo, polvoriento, lúgubre y, sin embargo, de algún modo adorable. En las reuniones amistosas, y cuando el vino era de su gusto, algo eminentemente humano resplandecía en su mirada; algo que, por cierto, nunca se abría paso en su charla, pero que hablaba no sólo en esos símbolos silenciosos del rostro de sobremesa, sino más a menudo y en voz alta en los actos de su vida. Era austero consigo mismo; bebía ginebra cuando estaba solo, para mortificar el gusto por los añejos; y aunque disfrutaba en el teatro, no había cruzado las puertas de uno desde hacía veinte años. Pero tenía una tolerancia aprobadora hacia los demás; a veces se maravillaba, casi con envidia, de la alta presión que suponían para sus espíritus sus fechorías; y en cualquier extremo se inclinaba a ayudar más que a reprender. «Me inclino por la herejía de Caín», solía decir pintorescamente: «Dejo que mi hermano se vaya al diablo a su manera». Con este carácter, a menudo tenía la fortuna de ser el último conocido de buena reputación y la última buena influencia en la vida de los hombres en decadencia. Y ante éstos, mientras se acercaban a sus aposentos, nunca marcaba una sombra de cambio en su conducta.

Sin duda, la hazaña le resultó fácil a Mr. Utterson; porque era poco demostrativo en el mejor de los casos, e incluso su amistad parecía cimentada en una catolicidad similar de buen carácter. Es la marca de un hombre modesto aceptar su círculo amistoso ya hecho, de manos de la oportunidad; y así era el abogado. Sus amigos eran los de su propia sangre o aquellos a quienes había conocido durante más tiempo; sus afectos, como la hiedra, eran el crecimiento del tiempo, no implicaban aptitud en el objeto. De ahí, sin duda, el vínculo que le unía a Mr. Richard Enfield, su pariente lejano, el conocido hombre de la ciudad. Para muchos era un rompecabezas lo que estos dos podían ver el uno en el otro, o qué tema podían encontrar en común. Según contaban quienes se los encontraban en sus paseos dominicales, no decían nada, parecían singularmente apagados y saludaban con evidente alivio la aparición de un amigo. Por todo ello, los dos hombres daban el mayor valor a estas excursiones, las consideraban la joya principal de cada semana, y no sólo dejaban de lado las ocasiones de placer, sino que incluso resistían las llamadas de negocios, para poder disfrutar de ellas ininterrumpidamente.

It chanced on one of these rambles that their way led them down a by-street in a busy quarter of London. The street was small and what is called quiet, but it drove a thriving trade on the weekdays. The inhabitants were all doing well, it seemed and all emulously hoping to do better still, and laying out the surplus of their grains in coquetry; so that the shop fronts stood along that thoroughfare with an air of invitation, like rows of smiling saleswomen. Even on Sunday, when it veiled its more florid charms and lay comparatively empty of passage, the street shone out in contrast to its dingy neighbourhood, like a fire in a forest; and with its freshly painted shutters, well-polished brasses, and general cleanliness and gaiety of note, instantly caught and pleased the eye of the passenger.

Two doors from one corner, on the left hand going east the line was broken by the entry of a court; and just at that point a certain sinister block of building thrust forward its gable on the street. It was two storeys high; showed no window, nothing but a door on the lower storey and a blind forehead of discoloured wall on the upper; and bore in every feature, the marks of prolonged and sordid negligence. The door, which was equipped with neither bell nor knocker, was blistered and distained. Tramps slouched into the recess and struck matches on the panels; children kept shop upon the steps; the schoolboy had tried his knife on the mouldings; and for close on a generation, no one had appeared to drive away these random visitors or to repair their ravages.

Mr. Enfield and the lawyer were on the other side of the by-street; but when they came abreast of the entry, the former lifted up his cane and pointed.

"Did you ever remark that door?" he asked; and when his companion had replied in the affirmative, "It is connected in my mind," added he, "with a very odd story."

"Indeed?" said Mr. Utterson, with a slight change of voice, "and what was that?"

"Well, it was this way," returned Mr. Enfield: "I was coming home from some place at the end of the world, about three o'clock of a black

Dio la casualidad de que en uno de estos paseos su camino les condujo por una callejuela de un concurrido barrio de Londres. La calle era pequeña y lo que se dice tranquila, pero los días laborables tenía un comercio próspero. Parecía que a todos los habitantes les iba bien, y todos esperaban emulosamente que les fuera aún mejor, y exponían el excedente de sus granos con coquetería; de modo que las fachadas de las tiendas se erguían a lo largo de aquella vía con un aire de invitación, como hileras de vendedoras sonrientes. Incluso los domingos, cuando velaba sus encantos más floridos y yacía comparativamente vacía de paso, la calle resplandecía en contraste con su lúgubre vecindario, como un incendio en un bosque; y con sus contraventanas recién pintadas, sus bronces bien pulidos y su limpieza general y alegría notoria, captaba y agradaba al instante la atención del transeúnte.

A dos puertas de una esquina, a mano izquierda en dirección este, la línea se rompía por la entrada de un patio; y justo en ese punto cierto siniestro bloque de edificio asomaba su frontispicio sobre la calle. Tenía dos pisos de altura; no mostraba ninguna ventana, nada más que una puerta en el piso inferior y un frente ciego de pared descolorida en el superior; y llevaba en cada rasgo las marcas de una prolongada y sórdida negligencia. La puerta, que no tenía ni campanilla ni aldaba, estaba abollada y en mal estado. Los vagabundos se metían en el hueco y encendían cerillas en los paneles; los niños guardaban sus compras en los escalones; el colegial había probado su cuchillo en las molduras; y durante casi una generación, nadie había aparecido para ahuyentar a estos visitantes fortuitos o para reparar sus estragos.

Mr. Enfield y el abogado estaban al otro lado de la callejuela; pero cuando llegaron junto a la entrada, el primero levantó su bastón y señaló.

«¿Has observado alguna vez esa puerta?», preguntó; y cuando su compañero hubo respondido afirmativamente, «Está relacionada en mi mente», añadió, «con una historia muy extraña».

«¿En serio?», dijo Mr. Utterson, con un ligero cambio de voz, «¿y cuál es?».

«Bueno, fue así», respondió Mr. Enfield: «Volvía a casa de algún lugar del fin del mundo, hacia las tres de la madrugada de una negra mañana

winter morning, and my way lay through a part of town where there was literally nothing to be seen but lamps. Street after street and all the folks asleep—street after street, all lighted up as if for a procession and all as empty as a church—till at last I got into that state of mind when a man listens and listens and begins to long for the sight of a policeman. All at once, I saw two figures: one a little man who was stumping along eastward at a good walk, and the other a girl of maybe eight or ten who was running as hard as she was able down a cross street. Well, sir, the two ran into one another naturally enough at the corner; and then came the horrible part of the thing; for the man trampled calmly over the child's body and left her screaming on the ground. It sounds nothing to hear, but it was hellish to see. It wasn't like a man; it was like some damned Juggernaut. I gave a few halloa, took to my heels, collared my gentleman, and brought him back to where there was already quite a group about the screaming child. He was perfectly cool and made no resistance, but gave me one look, so ugly that it brought out the sweat on me like running. The people who had turned out were the girl's own family; and pretty soon, the doctor, for whom she had been sent put in his appearance. Well, the child was not much the worse, more frightened, according to the sawbones; and there you might have supposed would be an end to it. But there was one curious circumstance. I had taken a loathing to my gentleman at first sight. So had the child's family, which was only natural. But the doctor's case was what struck me. He was the usual cut and dry apothecary, of no particular age and colour, with a strong Edinburgh accent and about as emotional as a bagpipe. Well, sir, he was like the rest of us; every time he looked at my prisoner, I saw that sawbones turn sick and white with the desire to kill him. I knew what was in his mind, just as he knew what was in mine; and killing being out of the question, we did the next best. We told the man we could and would make such a scandal out of this as should make his name stink from one end of London to the other. If he had any friends or any credit, we undertook that he should lose them. And all the time, as we were pitching it in red hot, we were keeping the women off him as best we could for they were as wild as harpies. I never saw a circle of such hateful faces; and there was the man in the middle, with a kind of black sneering coolness—frightened too, I could see that—but carrying it off, sir, really like Satan. 'If you choose to make capital out of this accident,' said he, 'I am naturally helpless. No gentleman but wishes to avoid a scene,' says he. 'Name your figure.' Well, we

de invierno, y mi camino pasaba por una parte de la ciudad en la que literalmente no se veía más que lámparas. Calle tras calle y toda la gente dormida; calle tras calle, todas iluminadas como para una procesión y todas tan vacías como una iglesia; hasta que por fin entré en ese estado de ánimo en el que un hombre escucha y escucha y empieza a anhelar la vista de un policía. De repente, vi dos figuras: una, un hombrecillo que avanzaba hacia el este a buen paso, y la otra, una niña de unos ocho o diez años que corría con todas sus fuerzas por una calle transversal. Pues bien, señor, los dos chocaron con toda naturalidad en la esquina; y entonces vino la parte horrible del asunto; porque el hombre pisoteó tranquilamente el cuerpo de la niña y la dejó gritando en el suelo. No parece nada oírlo, pero era infernal verlo. No era como un hombre; era como un maldito gigante. Di unos cuantos aullidos, me puse sobre mis talones, atrapé a mi caballero y lo llevé de vuelta a donde ya había un buen grupo en torno a la niña que gritaba. Él estaba perfectamente tranquilo y no opuso resistencia, pero me lanzó una mirada, tan fea que me hizo sudar como si estuviera corriendo. La gente que había acudido era la propia familia de la niña; y muy pronto, el médico, por quien habían enviado, hizo acto de presencia. Bueno, la niña no estaba mucho peor sólo que más asustada, según el matasanos; y ahí se hubiera podido suponer que acabaría todo. Pero hubo una circunstancia curiosa. Le había tomado aversión a mi caballero a primera vista. También lo había hecho la familia del niño, lo cual era natural. Pero lo que me llamó la atención fue el caso del médico. Era el boticario de siempre, de edad y color nada particulares, con un fuerte acento de Edimburgo y tan emotivo como una gaita. Bueno, señor, era como el resto de nosotros; cada vez que miraba a mi prisionero, veía que ese matasanos se ponía enfermizo y blanco de deseos de matarlo. Sabía lo que había en su mente, igual que él sabía lo que había en la mía; y como matar estaba fuera de cuestión, hicimos lo siguiente mejor. Le dijimos al hombre que podíamos hacer y haríamos tal escándalo de esto que su nombre apestaría de un extremo a otro de Londres. Si tenía amigos o algún crédito, nos comprometimos a que los perdiera. Y todo el tiempo, mientras lo lanzábamos al rojo vivo, manteníamos a las mujeres alejadas de él lo mejor que podíamos, pues eran tan salvajes como arpías. Nunca vi un círculo de caras tan odiosas; y allí estaba el hombre en medio, con una especie de frialdad negra y burlona —asustado también, podía verlo— pero manejándolo, señor, realmente como Satanás. "Si deciden sacar provecho de este accidente", dijo él, "estoy naturalmente indefenso. Ningún caballero desea otra cosa que evitar una escena", dijo él. "Diga la cifra". Bueno, lo presiona-

screwed him up to a hundred pounds for the child's family; he would have clearly liked to stick out; but there was something about the lot of us that meant mischief, and at last he struck. The next thing was to get the money; and where do you think he carried us but to that place with the door?—whipped out a key, went in, and presently came back with the matter of ten pounds in gold and a cheque for the balance on Coutts's, drawn payable to bearer and signed with a name that I can't mention, though it's one of the points of my story, but it was a name at least very well known and often printed. The figure was stiff; but the signature was good for more than that if it was only genuine. I took the liberty of pointing out to my gentleman that the whole business looked apocryphal, and that a man does not, in real life, walk into a cellar door at four in the morning and come out with another man's cheque for close upon a hundred pounds. But he was quite easy and sneering. 'Set your mind at rest,' says he, 'I will stay with you till the banks open and cash the cheque myself.' So we all set off, the doctor, and the child's father, and our friend and myself, and passed the rest of the night in my chambers; and next day, when we had breakfasted, went in a body to the bank. I gave in the cheque myself, and said I had every reason to believe it was a forgery. Not a bit of it. The cheque was genuine."

"Tut-tut!" said Mr. Utterson.

"I see you feel as I do," said Mr. Enfield. "Yes, it's a bad story. For my man was a fellow that nobody could have to do with, a really damnable man; and the person that drew the cheque is the very pink of the proprieties, celebrated too, and (what makes it worse) one of your fellows who do what they call good. Blackmail, I suppose; an honest man paying through the nose for some of the capers of his youth. Black Mail House is what I call the place with the door, in consequence. Though even that, you know, is far from explaining all," he added, and with the words fell into a vein of musing.

From this he was recalled by Mr. Utterson asking rather suddenly: "And you don't know if the drawer of the cheque lives there?"

"A likely place, isn't it?" returned Mr. Enfield. "But I happen to have noticed his address; he lives in some square or other."

mos hasta conseguir cien libras para la familia de la niña; claramente le hubiera gustado salirse con la suya; pero había algo en nosotros que quería hacer daño, y al final funcionó. Lo siguiente era conseguir el dinero; y ¿a dónde cree que nos llevó sino a ese lugar con la puerta? sacó una llave, entró y enseguida volvió con la cantidad de diez libras en oro y un cheque por el saldo de Coutts, librado al portador y firmado con un nombre que no puedo mencionar, aunque es uno de los puntos de mi historia, pero era un nombre cuando menos muy conocido e impreso a menudo. La cifra era robusta; pero la firma daba para más si tan sólo era auténtica. Me tomé la libertad de señalar a mi caballero que todo el asunto parecía apócrifo, y que un hombre no entra, en la vida real, por la puerta de un sótano a las cuatro de la mañana y sale con el cheque de otro hombre por cerca de cien libras. Pero se mostró muy tranquilo y despreciativo. "Tranquilícese", dijo, "me quedaré con usted hasta que abran los bancos y cobraré el cheque yo mismo". Así que partimos todos, el médico, el padre del niño, nuestro amigo y yo, y pasamos el resto de la noche en mis aposentos; y al día siguiente, cuando hubimos desayunado, fuimos en masa al banco. Yo mismo entregué el cheque y dije que tenía motivos para creer que era falso. Nada de eso. El cheque era auténtico».

«¡Vaya, vaya!», dijo Mr. Utterson.

«Veo que piensas como yo», dijo Mr. Enfield. «Sí, es una mala historia. Porque mi hombre era un colega con el que nadie podía tener nada que ver, un hombre realmente condenable; y la persona que extendió el cheque es la mismísima rosa de las pulcritudes, célebre además, y (lo que lo hace peor) uno de sus colegas que hacen lo que llaman el bien. Chantaje, supongo; un hombre honesto pagando descaradamente por alguna de las travesuras de su juventud. La Casa del Chantaje es lo que yo llamo el lugar de la puerta, en consecuencia. Aunque incluso eso, ya sabes, está lejos de explicarlo todo», añadió, y con las palabras se sumió en sus cavilaciones.

De esto le despertó la pregunta algo repentina de Mr. Utterson: «¿Y no sabes si el librador del cheque vive allí?».

«Un lugar probable, ¿no?», respondió Mr. Enfield. «Pero resulta que me he fijado en su dirección; vive en una plaza u otra».

"And you never asked about the—place with the door?" said Mr. Utterson.

"No, sir; I had a delicacy," was the reply. "I feel very strongly about putting questions; it partakes too much of the style of the day of judgment. You start a question, and it's like starting a stone. You sit quietly on the top of a hill; and away the stone goes, starting others; and presently some bland old bird (the last you would have thought of) is knocked on the head in his own back garden and the family have to change their name. No sir, I make it a rule of mine: the more it looks like Queer Street, the less I ask."

"A very good rule, too," said the lawyer.

"But I have studied the place for myself," continued Mr. Enfield. "It seems scarcely a house. There is no other door, and nobody goes in or out of that one but, once in a great while, the gentleman of my adventure. There are three windows looking on the court on the first floor; none below; the windows are always shut but they're clean. And then there is a chimney which is generally smoking; so somebody must live there. And yet it's not so sure; for the buildings are so packed together about the court, that it's hard to say where one ends and another begins."

The pair walked on again for a while in silence; and then "Enfield," said Mr. Utterson, "that's a good rule of yours."

"Yes, I think it is," returned Enfield.

"But for all that," continued the lawyer, "there's one point I want to ask. I want to ask the name of that man who walked over the child."

"Well," said Mr. Enfield, "I can't see what harm it would do. It was a man of the name of Hyde."

"Hm," said Mr. Utterson. "What sort of a man is he to see?"

"He is not easy to describe. There is something wrong with his appearance; something displeasing, something down-right detestable.

«¿Y nunca preguntaste por el... lugar de la puerta?», dijo Mr. Utterson.

«No, señor; tuve la delicadeza», fue la respuesta. «Me molesta mucho hacer preguntas; se parece demasiado al estilo que se utilizará el día del juicio. Uno empieza con una pregunta, y es como empezar con una piedra. Uno se sienta tranquilamente en lo alto de una colina; y lejos va la piedra, provocando a otras; y de pronto algún pájaro viejo y anodino (el último en el que habría pensado) es golpeado en la cabeza en su propio jardín trasero y la familia tiene que cambiar de nombre. No señor, tengo por norma: cuanto más se parezca a la calle Rara, menos pregunto».

«Una regla muy buena, además», dijo el abogado.

«Pero he estudiado el lugar por mí mismo», continuó Mr. Enfield. «Apenas parece una casa. No hay ninguna otra puerta, y nadie entra ni sale de ella salvo, de vez en cuando, el caballero de mi aventura. Hay tres ventanas que dan al patio en el primer piso; ninguna abajo; las ventanas están siempre cerradas pero limpias. Y además hay una chimenea que generalmente está humeando; así que alguien debe vivir allí. Y sin embargo no es del todo seguro; porque los edificios están tan apiñados alrededor del patio, que es difícil decir dónde acaba uno y empieza otro».

La pareja volvió a caminar un rato en silencio; y entonces Mr. Utterson dijo: «Enfield, esa es una buena regla tuya».

«Sí, creo que lo es», respondió Enfield.

«Pero, a pesar de todo», continuó el abogado, «hay un punto que quiero preguntar. Quiero preguntar el nombre de ese hombre que pasó por encima de la niña».

«Bueno», dijo Mr. Enfield, «no veo qué daño podría hacer. Era un hombre llamado Hyde».

«Umm», dijo Mr. Utterson. «¿Qué clase de hombre es a la vista?».

«No es fácil describirle. Hay algo malo en su aspecto; algo desagradable, algo francamente detestable. Nunca vi a un hombre que me desa-

I never saw a man I so disliked, and yet I scarce know why. He must be deformed somewhere; he gives a strong feeling of deformity, although I couldn't specify the point. He's an extraordinary looking man, and yet I really can name nothing out of the way. No, sir; I can make no hand of it; I can't describe him. And it's not want of memory; for I declare I can see him this moment."

Mr. Utterson again walked some way in silence and obviously under a weight of consideration. "You are sure he used a key?" he inquired at last.

"My dear sir..." began Enfield, surprised out of himself.

"Yes, I know," said Utterson; "I know it must seem strange. The fact is, if I do not ask you the name of the other party, it is because I know it already. You see, Richard, your tale has gone home. If you have been inexact in any point you had better correct it."

"I think you might have warned me," returned the other with a touch of sullenness. "But I have been pedantically exact, as you call it. The fellow had a key; and what's more, he has it still. I saw him use it not a week ago."

Mr. Utterson sighed deeply but said never a word; and the young man presently resumed. "Here is another lesson to say nothing," said he. "I am ashamed of my long tongue. Let us make a bargain never to refer to this again."

"With all my heart," said the lawyer. "I shake hands on that, Richard."

gradara tanto y, sin embargo, apenas sé por qué. Debe de estar deformado en alguna parte; da una fuerte sensación de deformidad, aunque no sabría precisar el punto. Es un hombre de aspecto extraordinario, y sin embargo no puedo nombrar nada fuera de lo común. No, señor; no puedo darte ninguna pista; no puedo describirle. Y no es falta de memoria; porque declaro que puedo verle en este momento».

Mr. Utterson volvió a caminar un trecho en silencio y obviamente bajo el peso de una reflexión. «¿Estás seguro de que utilizó una llave?», inquirió al fin.

«Mi querido señor...», comenzó a decir Enfield, sorprendido sobremanera.

«Sí, lo sé», dijo Utterson; «sé que debe parecer extraño. El hecho es que, si no te pregunto el nombre de la otra parte, es porque ya lo sé. Ya ves, Richard, tu cuento ha llegado a su fin. Si has sido inexacto en algún punto será mejor que lo corrijas».

«Creo que podrías haberme avisado», devolvió el otro con un toque de hosquedad. «Pero he sido pedantemente exacto, como tú lo denominas. El tipo tenía una llave; y lo que es más, aún la tiene. Le vi usarla no hace ni una semana».

Mr. Utterson suspiró profundamente pero no dijo ni una palabra; y el joven reanudó en seguida. «He aquí otra lección para no decir nada», dijo. «Me avergüenzo de mi lengua larga. Hagamos el pacto de no volver a referirnos a esto».

«De todo corazón», dijo el abogado. «Te doy la mano por ello, Richard».

That evening Mr. Utterson came home to his bachelor house in sombre spirits and sat down to dinner without relish. It was his custom of a Sunday, when this meal was over, to sit close by the fire, a volume of some dry divinity on his reading desk, until the clock of the neighbouring church rang out the hour of twelve, when he would go soberly and gratefully to bed. On this night however, as soon as the cloth was taken away, he took up a candle and went into his business room. There he opened his safe, took from the most private part of it a document endorsed on the envelope as Dr. Jekyll's Will and sat down with a clouded brow to study its contents. The will was holograph, for Mr. Utterson though he took charge of it now that it was made, had refused to lend the least assistance in the making of it; it provided not only that, in case of the decease of Henry Jekyll, M.D., D.C.L., L.L.D., F.R.S., etc., all his possessions were to pass into the hands of his "friend and benefactor Edward Hyde," but that in case of Dr. Jekyll's "disappearance or unexplained absence for any period exceeding three calendar months," the said Edward Hyde should step into the said Henry Jekyll's shoes without further delay and free from any burthen or obligation beyond the payment of a few small sums to the members of the doctor's household. This document had long been the lawyer's eyesore. It offended him both as a lawyer and as a lover of the sane and customary sides of life, to whom the fanciful was the immodest. And hitherto it was his ignorance of Mr. Hyde that had swelled his indignation; now, by a sudden turn, it was his knowledge. It was already bad enough when the name was but a name of which he could learn no more. It was worse when it began to be clothed upon with detestable attributes; and out of the shifting, insubstantial mists that had so long baffled his eye, there leaped up the sudden, definite presentment of a fiend.

"I thought it was madness," he said, as he replaced the obnoxious paper in the safe, "and now I begin to fear it is disgrace."

With that he blew out his candle, put on a greatcoat, and set forth in the direction of Cavendish Square, that citadel of medicine, where his friend, the great Dr. Lanyon, had his house and received his crowding

BÚSQUEDA DE MR. HYDE

Aquella noche Mr. Utterson regresó a su casa de soltero con ánimo sombrío y se sentó a cenar sin ganas. Era su costumbre de los domingos, cuando terminaba esta comida, sentarse junto al fuego, con un volumen sobre alguna divinidad seca sobre su escritorio de lectura, hasta que el reloj de la iglesia vecina hacía sonar la hora de las doce, momento en que se iba con sobriedad y agradecimiento a la cama. Esta noche, sin embargo, en cuanto le retiraron el mantel, cogió una vela y se dirigió a su despacho. Allí abrió su caja fuerte, sacó de la parte más privada de la misma un documento endosado en el sobre como Testamento del Dr. Jekyll y se sentó con el ceño fruncido a estudiar su contenido. El testamento era hológrafo, pues Mr. Utterson, aunque se hacía cargo de él ahora que estaba hecho, se había negado a prestar la menor ayuda en su confección; en él se disponía no sólo que, en caso de fallecimiento de Henry Jekyll, M.D., D.C.L., L.L.D., F.R.S., etc., todas sus posesiones debían pasar a manos de su «amigo y benefactor Edward Hyde», sino también que, en caso de «desaparición o ausencia inexplicable del Dr. Jekyll durante cualquier período superior a tres meses calendarios», el citado Edward Hyde debía ocupar el lugar del mencionado Henry Jekyll sin más demora y libre de cualquier carga u obligación más allá del pago de unas pequeñas sumas a los miembros de la casa del doctor. Este documento había sido durante mucho tiempo la pesadilla del abogado. Le ofendía tanto como abogado y como amante de los lados cuerdos y habituales de la vida, para quien lo fantasioso era lo desmesurado. Y hasta entonces era su ignorancia de Mr. Hyde lo que había engrosado su indignación; ahora, por un giro repentino, era su conocimiento. Ya era bastante malo cuando el nombre no era más que un nombre del que no podía saber nada más. Fue peor cuando empezó a revestirse de atributos detestables; y de las brumas movedizas e insustanciales que durante tanto tiempo habían desconcertado su vista, saltó la presencia repentina y definida de un demonio.

«Pensé que era una locura», dijo, mientras volvía a colocar el odioso papel en la caja fuerte, «y ahora empiezo a temer que sea una desgracia».

Con eso apagó la vela, se puso un abrigo y salió en dirección a Cavendish Square, esa ciudadela de la medicina, donde su amigo, el gran Dr. Lanyon, tenía su casa y recibía a sus atestados pacientes. «Si alguien lo

patients. "If anyone knows, it will be Lanyon," he had thought.

The solemn butler knew and welcomed him; he was subjected to no stage of delay, but ushered direct from the door to the dining-room where Dr. Lanyon sat alone over his wine. This was a hearty, healthy, dapper, red-faced gentleman, with a shock of hair prematurely white, and a boisterous and decided manner. At sight of Mr. Utterson, he sprang up from his chair and welcomed him with both hands. The geniality, as was the way of the man, was somewhat theatrical to the eye; but it reposed on genuine feeling. For these two were old friends, old mates both at school and college, both thorough respectors of themselves and of each other, and what does not always follow, men who thoroughly enjoyed each other's company.

After a little rambling talk, the lawyer led up to the subject which so disagreeably preoccupied his mind.

"I suppose, Lanyon," said he, "you and I must be the two oldest friends that Henry Jekyll has?"

"I wish the friends were younger," chuckled Dr. Lanyon. "But I suppose we are. And what of that? I see little of him now."

"Indeed?" said Utterson. "I thought you had a bond of common interest."

"We had," was the reply. "But it is more than ten years since Henry Jekyll became too fanciful for me. He began to go wrong, wrong in mind; and though of course I continue to take an interest in him for old sake's sake, as they say, I see and I have seen devilish little of the man. Such unscientific balderdash," added the doctor, flushing suddenly purple, "would have estranged Damon and Pythias."

This little spirit of temper was somewhat of a relief to Mr. Utterson. "They have only differed on some point of science," he thought; and being a man of no scientific passions (except in the matter of conveyancing), he even added: "It is nothing worse than that!" He gave his friend a few seconds to recover his composure, and then approached

sabe, será Lanyon», pensó.

El solemne mayordomo le reconoció y le dio la bienvenida; no se le sometió a ninguna demora, sino que se le condujo directamente desde la puerta al comedor, donde el Dr. Lanyon estaba sentado a solas tomando su vino. Se trataba de un caballero corpulento, sano, atildado, de rostro colorado, con un mechón de pelo prematuramente blanco y maneras bulliciosas y decididas. Al ver a Mr. Utterson, se levantó de un salto de su silla y le dio la bienvenida con ambas manos. La genialidad, como era costumbre en el hombre, era algo teatral a la vista; pero descansaba en un sentimiento genuino. Porque aquellos dos eran viejos amigos, antiguos compañeros tanto en la escuela como en la universidad, ambos se respetaban a sí mismos y el uno al otro y, lo que no siempre es habitual, eran hombres que disfrutaban plenamente de la compañía mutua.

Tras una pequeña charla intrascendente, el abogado abordó el tema que tan desagradablemente preocupaba su mente.

«Supongo, Lanyon», dijo, «que usted y yo debemos de ser los dos amigos más antiguos que tiene Henry Jekyll».

«Ojalá los amigos fueran más jóvenes», rió entre dientes el Dr. Lanyon. «Pero supongo que lo somos. ¿Y qué hay de eso? Ahora le veo poco».

«¿Ah, sí?», dijo Utterson. «Creía que tenían una afinidad de intereses».

«La teníamos», fue la respuesta. «Pero hace más de diez años que Henry Jekyll se volvió demasiado extravagante para mí. Empezó a andar mal, mal de la cabeza; y aunque, por supuesto, sigo interesándome por él por amor a los viejos tiempos, como suele decirse, veo y he visto diabólicamente poco del hombre. Semejantes tonterías acientíficas», añadió el doctor, enrojeciendo repentinamente de color púrpura, «habrían distanciado a Damon y a Pythias».

Este pequeño arrebato de mal genio fue en cierto modo un alivio para Mr. Utterson. «Sólo han discrepado en algún punto científico», pensó; y siendo un hombre sin pasiones científicas (excepto en materia de transferencia de propiedad), incluso añadió: «¡No es nada peor que eso!». Dio unos segundos a su amigo para que recuperara la compostura, y luego

the question he had come to put. "Did you ever come across a protégé of his—one Hyde?" he asked.

"Hyde?" repeated Lanyon. "No. Never heard of him. Since my time."

That was the amount of information that the lawyer carried back with him to the great, dark bed on which he tossed to and fro, until the small hours of the morning began to grow large. It was a night of little ease to his toiling mind, toiling in mere darkness and besieged by questions.

Six o'clock struck on the bells of the church that was so conveniently near to Mr. Utterson's dwelling, and still he was digging at the problem. Hitherto it had touched him on the intellectual side alone; but now his imagination also was engaged, or rather enslaved; and as he lay and tossed in the gross darkness of the night and the curtained room, Mr. Enfield's tale went by before his mind in a scroll of lighted pictures. He would be aware of the great field of lamps of a nocturnal city; then of the figure of a man walking swiftly; then of a child running from the doctor's; and then these met, and that human Juggernaut trod the child down and passed on regardless of her screams. Or else he would see a room in a rich house, where his friend lay asleep, dreaming and smiling at his dreams; and then the door of that room would be opened, the curtains of the bed plucked apart, the sleeper recalled, and lo! there would stand by his side a figure to whom power was given, and even at that dead hour, he must rise and do its bidding. The figure in these two phases haunted the lawyer all night; and if at any time he dozed over, it was but to see it glide more stealthily through sleeping houses, or move the more swiftly and still the more swiftly, even to dizziness, through wider labyrinths of lamplighted city, and at every street corner crush a child and leave her screaming. And still the figure had no face by which he might know it; even in his dreams, it had no face, or one that baffled him and melted before his eyes; and thus it was that there sprang up and grew apace in the lawyer's mind a singularly strong, almost an inordinate, curiosity to behold the features of the real Mr. Hyde. If he could but once set eyes on him, he thought the mystery would lighten and perhaps roll altogether away, as was the habit of mysterious things when well examined. He might see a reason for his friend's strange preference

abordó la cuestión que había venido a plantear. «¿Se encontró alguna vez con un protegido suyo, un tal Hyde?», le preguntó.

«¿Hyde?», repitió Lanyon. «No. Nunca he oído hablar de él. Desde mi época».

Esa fue la cantidad de información que el abogado se llevó consigo a la gran y oscura cama en la que dio vueltas de un lado a otro, hasta que las primeras horas de la mañana empezaron a hacérsele largas. Fue una noche de poca tranquilidad para su trabajadora mente, afanada en la penumbra y asediada por las preguntas.

Dieron las seis en las campanas de la iglesia que estaba tan convenientemente cerca de la morada de Mr. Utterson, y él seguía escarbando en el problema. Hasta ahora le había afectado sólo por el lado intelectual; pero ahora su imaginación también estaba ocupada, o más bien esclavizada; y mientras yacía y daba vueltas en la oscuridad bruta de la noche y la habitación con cortinas, la historia de Mr. Enfield pasaba ante su mente en una sucesión de imágenes iluminadas. Tendría conciencia del gran despliegue de lámparas de una ciudad nocturna; luego, de la figura de un hombre que caminaba velozmente; luego, de una niña que huía del médico; y entonces éstas se encontraban, y aquel gigante humano pisoteaba a la niña y seguía adelante sin importarle sus gritos. O bien veía una habitación en una casa rica, donde su amigo yacía dormido, soñando y sonriendo a sus sueños; y entonces se abría la puerta de esa habitación, se descorrían las cortinas de la cama, se despertaba el durmiente, y ¡he aquí! se erguía a su lado una figura a la que se le había dado poder, e incluso en esa hora muerta, debía levantarse y cumplir sus órdenes. La figura en estas dos fases persiguió al abogado toda la noche; y si en algún momento se quedaba dormido, era sólo para verla deslizarse con más sigilo por las casas dormidas, o moverse con más y más rapidez, incluso hasta el vértigo, por los laberintos más amplios de la ciudad iluminada por las lámparas, y en cada esquina aplastar a una niña y dejarla gritando. Y aun así, la figura no tenía un rostro por el que pudiera reconocerla; ni siquiera en sus sueños tenía un rostro, o uno que le desconcertara y se derritiera ante sus ojos; y así fue como surgió y creció con rapidez en la mente del abogado una curiosidad singularmente fuerte, casi desmesurada, por contemplar los rasgos del verdadero Mr. Hyde. Si tan sólo pudiera ponerle los ojos encima una vez, pensó que el misterio se aligeraría y tal vez se disiparía por completo, como es

or bondage (call it which you please) and even for the startling clause of the will. At least it would be a face worth seeing: the face of a man who was without bowels of mercy: a face which had but to show itself to raise up, in the mind of the unimpressionable Enfield, a spirit of enduring hatred.

From that time forward, Mr. Utterson began to haunt the door in the by-street of shops. In the morning before office hours, at noon when business was plenty and time scarce, at night under the face of the fogged city moon, by all lights and at all hours of solitude or concourse, the lawyer was to be found on his chosen post.

"If he be Mr. Hyde," he had thought, "I shall be Mr. Seek."

And at last his patience was rewarded. It was a fine dry night; frost in the air; the streets as clean as a ballroom floor; the lamps, unshaken by any wind, drawing a regular pattern of light and shadow. By ten o'clock, when the shops were closed, the by-street was very solitary and, in spite of the low growl of London from all round, very silent. Small sounds carried far; domestic sounds out of the houses were clearly audible on either side of the roadway; and the rumour of the approach of any passenger preceded him by a long time. Mr. Utterson had been some minutes at his post, when he was aware of an odd light footstep drawing near. In the course of his nightly patrols, he had long grown accustomed to the quaint effect with which the footfalls of a single person, while he is still a great way off, suddenly spring out distinct from the vast hum and clatter of the city. Yet his attention had never before been so sharply and decisively arrested; and it was with a strong, superstitious prevision of success that he withdrew into the entry of the court.

The steps drew swiftly nearer, and swelled out suddenly louder as they turned the end of the street. The lawyer, looking forth from the entry, could soon see what manner of man he had to deal with. He was small and very plainly dressed and the look of him, even at that

la costumbre de las cosas misteriosas cuando se examinan bien. Podría ver una razón para la extraña preferencia o servidumbre (llámese como se quiera) de su amigo e incluso para la sorprendente cláusula del testamento. Al menos sería un rostro digno de verse: el rostro de un hombre sin entrañas de piedad; un rostro que no tenía más que mostrarse para suscitar, en la mente del poco impresionable Enfield, un espíritu de odio perdurable.

A partir de ese momento, Mr. Utterson empezó a rondar la puerta de la calle de tiendas. Por la mañana antes de las horas de oficina, al mediodía cuando los negocios arreciaban y el tiempo escaseaba, por la noche bajo la cara de la luna empañada de la ciudad, con todas las luces y a todas horas de soledad o de concurrencia, se encontraba al abogado en su puesto elegido.

«Si él es Mr. Hyde [Escondido]», había pensado, «yo seré Mr. Seek [Buscador]».

Y por fin su paciencia se vio recompensada. Era una noche fina y seca; escarcha en el aire; las calles tan limpias como el suelo de un salón de baile; las lámparas, inamovibles ante cualquier viento, dibujando un patrón regular de luces y sombras. A las diez, cuando las tiendas estaban cerradas, la callejuela estaba muy solitaria y, a pesar del bajo gruñido de Londres procedente de todas partes, muy silenciosa. Los pequeños ruidos llegaban lejos; los sonidos domésticos que salían de las casas eran claramente audibles a ambos lados de la calzada; y el rumor de la llegada de algún transeúnte le precedía por mucho tiempo. Mr. Utterson llevaba algunos minutos en su puesto cuando se percató de una extraña pisada ligera que se acercaba. En el curso de sus patrullas nocturnas, hacía tiempo que se había acostumbrado al pintoresco efecto con el que las pisadas de una sola persona, cuando aún se encuentra a gran distancia, surgen de repente distinguiéndose del vasto zumbido y estrépito de la ciudad. Sin embargo, su atención nunca había sido detenida de forma tan aguda y decisiva; y fue con una fuerte y supersticiosa previsión de éxito como se retiró a la entrada del patio.

Los pasos se acercaron rápidamente y se hicieron más fuertes al doblar el final de la calle. El abogado, que miraba desde la entrada, pronto pudo ver con qué clase de hombre tenía que tratar. Era pequeño y vestía muy sencillamente y su aspecto, incluso a esa distancia, iba de algún

distance, went somehow strongly against the watcher's inclination. But he made straight for the door, crossing the roadway to save time; and as he came, he drew a key from his pocket like one approaching home.

Mr. Utterson stepped out and touched him on the shoulder as he passed. "Mr. Hyde, I think?"

Mr. Hyde shrank back with a hissing intake of the breath. But his fear was only momentary; and though he did not look the lawyer in the face, he answered coolly enough: "That is my name. What do you want?"

"I see you are going in," returned the lawyer. "I am an old friend of Dr. Jekyll's—Mr. Utterson of Gaunt Street—you must have heard of my name; and meeting you so conveniently, I thought you might admit me."

"You will not find Dr. Jekyll; he is from home," replied Mr. Hyde, blowing in the key. And then suddenly, but still without looking up, "How did you know me?" he asked.

"On your side," said Mr. Utterson "will you do me a favour?"

"With pleasure," replied the other. "What shall it be?"

"Will you let me see your face?" asked the lawyer.

Mr. Hyde appeared to hesitate, and then, as if upon some sudden reflection, fronted about with an air of defiance; and the pair stared at each other pretty fixedly for a few seconds. "Now I shall know you again," said Mr. Utterson. "It may be useful."

"Yes," returned Mr. Hyde, "It is as well we have met; and *à propos*, you should have my address." And he gave a number of a street in Soho.

"Good God!" thought Mr. Utterson, "can he, too, have been thinking of the will?" But he kept his feelings to himself and only grunted in acknowledgment of the address.

modo fuertemente en contra de la inclinación del observador. Pero se dirigió directamente hacia la puerta, cruzando la calzada para ganar tiempo; y mientras llegaba, sacó una llave de su bolsillo como quien se acerca a casa.

Mr. Utterson salió y le tocó en el hombro al pasar. «¿Mr. Hyde, creo?».

Mr. Hyde retrocedió con una sibilante inspiración. Pero su temor fue sólo momentáneo y, aunque no miró al abogado a la cara, respondió con suficiente frialdad: «Ése es mi nombre. ¿Qué quiere?».

«Veo que va a entrar», le devolvió el abogado. «Soy un viejo amigo del Dr. Jekyll —Mr. Utterson, de Gaunt Street—, debe haber oído hablar de mí; y al encontrarme con usted tan convenientemente, pensé que podría recibirme».

«No encontrará al Dr. Jekyll; no está en casa», respondió Mr. Hyde, introduciendo la llave. Y de pronto preguntó, pero aún sin levantar la vista, «¿Cómo me reconoció?».

«Por su parte», dijo Mr. Utterson, «¿me haría un favor?».

«Con mucho gusto», respondió el otro. «¿Qué será?».

«¿Me permitiría verle la cara?», preguntó el abogado.

Mr. Hyde pareció dudar y luego, como si hubiera reflexionado repentinamente, se echó hacia delante con aire desafiante; y ambos se miraron fijamente durante unos segundos. «Ahora volveré a reconocerle», dijo Mr. Utterson. «Puede ser útil».

«Sí», respondió Mr. Hyde, «es como si nos hubiéramos conocido; y *à propos*, debería tener mi dirección». Y le dio el número en una calle del Soho.

«¡Dios santo!», pensó Mr. Utterson, «¿puede haber estado pensando él también en el testamento?». Pero se guardó sus sentimientos y sólo gruñó en señal de agradecimiento.

"And now," said the other, "how did you know me?"

"By description," was the reply.

"Whose description?"

"We have common friends," said Mr. Utterson.

"Common friends," echoed Mr. Hyde, a little hoarsely. "Who are they?"

"Jekyll, for instance," said the lawyer.

"He never told you," cried Mr. Hyde, with a flush of anger. "I did not think you would have lied."

"Come," said Mr. Utterson, "that is not fitting language."

The other snarled aloud into a savage laugh; and the next moment, with extraordinary quickness, he had unlocked the door and disappeared into the house.

The lawyer stood awhile when Mr. Hyde had left him, the picture of disquietude. Then he began slowly to mount the street, pausing every step or two and putting his hand to his brow like a man in mental perplexity. The problem he was thus debating as he walked, was one of a class that is rarely solved. Mr. Hyde was pale and dwarfish, he gave an impression of deformity without any nameable malformation, he had a displeasing smile, he had borne himself to the lawyer with a sort of murderous mixture of timidity and boldness, and he spoke with a husky, whispering and somewhat broken voice; all these were points against him, but not all of these together could explain the hitherto unknown disgust, loathing and fear with which Mr. Utterson regarded him. "There must be something else," said the perplexed gentleman. "There is something more, if I could find a name for it. God bless me, the man seems hardly human! Something troglodytic, shall we say? or can it be the old story of Dr. Fell? or is it the mere radiance of a foul soul that thus transpires through, and transfigures, its clay continent? The last, I think; for, O my poor old Harry Jekyll, if ever I read Satan's signature upon a face, it is on that of your

«Y ahora», dijo el otro, «¿cómo me reconoció?».

«Por descripción», fue la respuesta.

«¿La descripción de quién?».

«Tenemos amigos en común», dijo Mr. Utterson.

«Amigos en común», se hizo eco Mr. Hyde, un poco ronco. «¿Quiénes son?».

«Jekyll, por ejemplo», dijo el abogado.

«Nunca se lo dijo», gritó Mr. Hyde, con un arrebato de ira. «No creí que usted me fuera a mentir».

«Vamos», dijo Mr. Utterson, «ese no es un lenguaje apropiado».

El otro gruñó en voz alta soltando una carcajada salvaje; y al momento siguiente, con extraordinaria rapidez, había abierto la puerta y desaparecido dentro de la casa.

El abogado permaneció de pie un rato cuando Mr. Hyde le hubo dejado, la imagen de la inquietud. Luego empezó a subir lentamente por la calle, deteniéndose cada uno o dos pasos y llevándose la mano a la frente como un hombre sumido en la perplejidad mental. El problema que estaba debatiendo mientras caminaba era de una clase que rara vez se resuelve. Mr. Hyde era pálido y de constitución enana, daba una impresión de deformidad sin ninguna malformación identificable, tenía una sonrisa desagradable, se había presentado ante el abogado con una especie de mezcla asesina de timidez y arrojo, y hablaba con una voz ronca, susurrante y algo quebrada; todos estos eran puntos en su contra, pero ni siquiera todos juntos podían explicar el asco, la aversión y el miedo hasta entonces desconocidos con los que Mr. Utterson le miraba. «Tiene que haber algo más», dijo el caballero perplejo. «Hay algo más, si pudiera encontrarle un nombre. Dios me bendiga, ¡el hombre parece apenas humano! ¿Algo troglodita, digamos? o ¿puede ser la vieja historia del Dr. Fell? o ¿es el mero resplandor de un alma asquerosa que así transpira y transfigura su envoltura de arcilla? Lo último, creo; porque, oh mi pobre viejo Harry Jekyll, si alguna vez he leído la firma de Satán

new friend."

Round the corner from the by-street, there was a square of ancient, handsome houses, now for the most part decayed from their high estate and let in flats and chambers to all sorts and conditions of men; map-engravers, architects, shady lawyers and the agents of obscure enterprises. One house, however, second from the corner, was still occupied entire; and at the door of this, which wore a great air of wealth and comfort, though it was now plunged in darkness except for the fanlight, Mr. Utterson stopped and knocked. A well-dressed, elderly servant opened the door.

"Is Dr. Jekyll at home, Poole?" asked the lawyer.

"I will see, Mr. Utterson," said Poole, admitting the visitor, as he spoke, into a large, low-roofed, comfortable hall paved with flags, warmed (after the fashion of a country house) by a bright, open fire, and furnished with costly cabinets of oak. "Will you wait here by the fire, sir? or shall I give you a light in the dining-room?"

"Here, thank you," said the lawyer, and he drew near and leaned on the tall fender. This hall, in which he was now left alone, was a pet fancy of his friend the doctor's; and Utterson himself was wont to speak of it as the pleasantest room in London. But tonight there was a shudder in his blood; the face of Hyde sat heavy on his memory; he felt (what was rare with him) a nausea and distaste of life; and in the gloom of his spirits, he seemed to read a menace in the flickering of the firelight on the polished cabinets and the uneasy starting of the shadow on the roof. He was ashamed of his relief, when Poole presently returned to announce that Dr. Jekyll was gone out.

"I saw Mr. Hyde go in by the old dissecting room, Poole," he said. "Is that right, when Dr. Jekyll is from home?"

"Quite right, Mr. Utterson, sir," replied the servant. "Mr. Hyde has a key."

"Your master seems to repose a great deal of trust in that young man, Poole," resumed the other musingly.

en un rostro, es en el de tu nuevo amigo».

A la vuelta de la esquina de la callejuela, había una plaza de casas antiguas y elegantes, ahora en su mayor parte decaídas de su elevada propiedad y alquiladas en pisos y habitaciones a todo tipo y condición de hombres; grabadores de mapas, arquitectos, sombríos abogados y agentes de oscuras empresas. Una casa, sin embargo, la segunda desde la esquina, seguía ocupada en su totalidad; y ante la puerta de ésta, que lucía un gran aire de riqueza y comodidad, aunque ahora estaba sumida en la oscuridad salvo por la luz de abanico, Mr. Utterson se detuvo y llamó. Un criado anciano y bien vestido abrió la puerta.

«¿Está el Dr. Jekyll en casa, Poole?», preguntó el abogado.

«Voy a ver, Mr. Utterson», dijo Poole, admitiendo al visitante, mientras hablaba, en un gran salón de techo bajo, confortable y con pavimento de piedra, calentado (a la manera de una casa de campo) por un fuego brillante y abierto, y amueblado con costosos armarios de roble. «¿Esperará aquí junto al fuego, señor? ¿O le doy lumbre en el comedor?».

«Aquí, gracias», dijo el abogado, y se acercó y se apoyó en el alto barandal. Este salón, en el que ahora se quedaba solo, era un capricho de su amigo el doctor; y el propio Utterson solía hablar de él como de la habitación más agradable de Londres. Pero esta noche había un escalofrío en su sangre; el rostro de Hyde pesaba en su memoria; sentía (lo que era raro en él) náusea y aversión por la vida; y en la penumbra de su ánimo, le parecía leer una amenaza en el parpadeo de la luz del fuego sobre los pulidos armarios y el inquietante encabritamiento de la sombra en el techo. Se avergonzó de su alivio, cuando Poole regresó en seguida para anunciarle que el Dr. Jekyll había salido.

«Vi a Mr. Hyde entrar por la vieja sala de disección, Poole», dijo. «¿Es así, cuando el Dr. Jekyll no está en casa?».

«Totalmente cierto, Mr. Utterson, señor», contestó el criado. «Mr. Hyde tiene una llave».

«Su señor parece depositar mucha confianza en ese joven, Poole», reanudó el otro musitando.

"Yes, sir, he does indeed," said Poole. "We have all orders to obey him."

"I do not think I ever met Mr. Hyde?" asked Utterson.

"O, dear no, sir. He never dines here," replied the butler. "Indeed we see very little of him on this side of the house; he mostly comes and goes by the laboratory."

"Well, good-night, Poole."

"Good-night, Mr. Utterson."

And the lawyer set out homeward with a very heavy heart. "Poor Harry Jekyll," he thought, "my mind misgives me he is in deep waters! He was wild when he was young; a long while ago to be sure; but in the law of God, there is no statute of limitations. Ay, it must be that; the ghost of some old sin, the cancer of some concealed disgrace: punishment coming, *pede claudo*, years after memory has forgotten and self-love condoned the fault." And the lawyer, scared by the thought, brooded awhile on his own past, groping in all the corners of memory, least by chance some Jack-in-the-Box of an old iniquity should leap to light there. His past was fairly blameless; few men could read the rolls of their life with less apprehension; yet he was humbled to the dust by the many ill things he had done, and raised up again into a sober and fearful gratitude by the many he had come so near to doing yet avoided. And then by a return on his former subject, he conceived a spark of hope. "This Master Hyde, if he were studied," thought he, "must have secrets of his own; black secrets, by the look of him; secrets compared to which poor Jekyll's worst would be like sunshine. Things cannot continue as they are. It turns me cold to think of this creature stealing like a thief to Harry's bedside; poor Harry, what a wakening! And the danger of it; for if this Hyde suspects the existence of the will, he may grow impatient to inherit. Ay, I must put my shoulders to the wheel—if Jekyll will but let me," he added, "if Jekyll will only let me." For once more he saw before his mind's eye, as clear as transparency, the strange clauses of the will.

«Sí, señor, así es», dijo Poole. «Todos tenemos órdenes de obedecerle».

«¿No creo haber conocido a Mr. Hyde?», preguntó Utterson.

«Oh, por supuesto que no, señor. Nunca cena aquí», respondió el mayordomo. «De hecho le vemos muy poco por este lado de la casa; casi siempre entra y sale por el laboratorio».

«Bueno, buenas noches, Poole».

«Buenas noches, Mr. Utterson».

Y el abogado emprendió el regreso a casa con el corazón muy apesadumbrado. «Pobre Harry Jekyll», pensó, «¡mi mente me dice que está en aguas profundas! Fue salvaje cuando era joven; hace mucho tiempo, sin duda; pero en la ley de Dios no hay prescripción. Ay, debe ser eso; el fantasma de algún viejo pecado, el cáncer de alguna desgracia oculta: el castigo que viene, *pede claudo*, años después de que la memoria haya olvidado y el amor propio haya condonado la falta». Y el abogado, asustado por el pensamiento, meditó un rato sobre su propio pasado, tanteando en todos los rincones de la memoria, por si por casualidad saltaba allí a la luz alguna caja de sorpresas de una vieja iniquidad. Su pasado era bastante irreprochable; pocos hombres podrían leer los rollos de su vida con menos aprensión; sin embargo, se sintió humillado hasta el polvo por las muchas cosas malas que había hecho, y elevado de nuevo a una sobria y temerosa gratitud por las muchas que había estado tan cerca de hacer y sin embargo había evitado. Y entonces, volviendo a su tema anterior, concibió una chispa de esperanza. «Este Master Hyde, si fuera estudiado», pensó, «debe tener secretos propios; secretos negros, por su aspecto; secretos comparados con los cuales los peores del pobre Jekyll serían como el sol. Las cosas no pueden seguir como están. Me da escalofríos pensar en esa criatura robando como un ladrón a la cabecera de Harry; pobre Harry, ¡qué sobresalto! Y el peligro de ello; porque si este Hyde sospecha la existencia del testamento, puede impacientarse por heredar. Ay, debo arrimar el hombro; si Jekyll me lo permite», añadió, «si Jekyll me lo permite». Una vez más vio ante los ojos de su mente, tan claras como si fueran transparentes, las extrañas cláusulas del testamento.

DR. JEKYLL WAS QUITE AT EASE

A fortnight later, by excellent good fortune, the doctor gave one of his pleasant dinners to some five or six old cronies, all intelligent, reputable men and all judges of good wine; and Mr. Utterson so contrived that he remained behind after the others had departed. This was no new arrangement, but a thing that had befallen many scores of times. Where Utterson was liked, he was liked well. Hosts loved to detain the dry lawyer, when the light-hearted and loose-tongued had already their foot on the threshold; they liked to sit a while in his unobtrusive company, practising for solitude, sobering their minds in the man's rich silence after the expense and strain of gaiety. To this rule, Dr. Jekyll was no exception; and as he now sat on the opposite side of the fire—a large, well-made, smooth-faced man of fifty, with something of a slyish cast perhaps, but every mark of capacity and kindness—you could see by his looks that he cherished for Mr. Utterson a sincere and warm affection.

"I have been wanting to speak to you, Jekyll," began the latter. "You know that will of yours?"

A close observer might have gathered that the topic was distasteful; but the doctor carried it off gaily. "My poor Utterson," said he, "you are unfortunate in such a client. I never saw a man so distressed as you were by my will; unless it were that hide-bound pedant, Lanyon, at what he called my scientific heresies. O, I know he's a good fellow—you needn't frown—an excellent fellow, and I always mean to see more of him; but a hide-bound pedant for all that; an ignorant, blatant pedant. I was never more disappointed in any man than Lanyon."

"You know I never approved of it," pursued Utterson, ruthlessly disregarding the fresh topic.

"My will? Yes, certainly, I know that," said the doctor, a trifle sharply. "You have told me so."

"Well, I tell you so again," continued the lawyer. "I have been learning something of young Hyde."

DR. JEKYLL ESTABA MUY A GUSTO

Quince días más tarde, por una excelente casualidad, el doctor ofreció una de sus agradables cenas a unos cinco o seis viejos amigotes, todos ellos hombres inteligentes y reputados y todos jueces del buen vino; y Mr. Utterson se las ingenió de tal modo que se quedó después de que los demás se hubiesen marchado. No se trataba de algo nuevo, sino de una situación que se había dado muchas veces. Allí donde Utterson caía bien, caía bien. A los anfitriones les encantaba entretener al seco abogado, cuando los de corazón ligero y lengua suelta ya habían puesto el pie en el umbral; les gustaba sentarse un rato en su discreta compañía, practicando para la soledad, aleccionando sus mentes en el rico silencio del hombre después del gasto y la tensión de la alegría. El Dr. Jekyll no era una excepción a esta regla, y ahora que estaba sentado en el lado opuesto del fuego —un hombre de cincuenta años, corpulento, bien formado, de rostro terso, con algo de picardía tal vez, pero con todos los rasgos de capacidad y amabilidad— se podía ver en su mirada que sentía por Mr. Utterson un afecto sincero y cálido.

«He estado deseando hablar con usted, Jekyll», comenzó este último. «¿Recuerda ese testamento suyo?».

Un observador cercano podría haber deducido que el tema era desagradable; pero el doctor lo llevó con jovialidad. «Mi pobre Utterson», dijo, «tiene usted mala suerte con semejante cliente. Nunca vi a un hombre tan angustiado como usted por mi testamento; a menos que fuera ese pedante encorvado, Lanyon, por lo que él llamaba mis herejías científicas. Oh, sé que es un buen tipo —no tiene por qué fruncir el ceño—, un tipo excelente, y siempre he tenido la intención de verle más; pero un pedante encubierto a pesar de todo; un pedante ignorante y descarado. Nunca me decepcionó más ningún hombre que Lanyon».

«Sabe que nunca lo he aprobado», prosiguió Utterson, despreciando sin piedad el nuevo tópico.

«¿Mi testamento? Sí, ciertamente, lo sé», dijo el doctor, un poco bruscamente. «Usted me lo ha dicho».

«Pues se lo repito», continuó el abogado. «He estado descubriendo algo del joven Hyde».

The large handsome face of Dr. Jekyll grew pale to the very lips, and there came a blackness about his eyes. "I do not care to hear more," said he. "This is a matter I thought we had agreed to drop."

"What I heard was abominable," said Utterson.

"It can make no change. You do not understand my position," returned the doctor, with a certain incoherency of manner. "I am painfully situated, Utterson; my position is a very strange—a very strange one. It is one of those affairs that cannot be mended by talking."

"Jekyll," said Utterson, "you know me: I am a man to be trusted. Make a clean breast of this in confidence; and I make no doubt I can get you out of it."

"My good Utterson," said the doctor, "this is very good of you, this is downright good of you, and I cannot find words to thank you in. I believe you fully; I would trust you before any man alive, ay, before myself, if I could make the choice; but indeed it isn't what you fancy; it is not as bad as that; and just to put your good heart at rest, I will tell you one thing: the moment I choose, I can be rid of Mr. Hyde. I give you my hand upon that; and I thank you again and again; and I will just add one little word, Utterson, that I'm sure you'll take in good part: this is a private matter, and I beg of you to let it sleep."

Utterson reflected a little, looking in the fire.

"I have no doubt you are perfectly right," he said at last, getting to his feet.

"Well, but since we have touched upon this business, and for the last time I hope," continued the doctor, "there is one point I should like you to understand. I have really a very great interest in poor Hyde. I know you have seen him; he told me so; and I fear he was rude. But I do sincerely take a great, a very great interest in that young man; and if I am taken away, Utterson, I wish you to promise me that you will bear with him and get his rights for him. I think you would, if you knew all; and it would be a weight off my mind if you would promise."

El gran rostro apuesto del Dr. Jekyll palideció hasta los mismos labios y una negrura rodeó sus ojos. «No me interesa oír más», dijo. «Es un asunto que creí que habíamos acordado no abordar».

«Lo que oí fue abominable», dijo Utterson.

«No puede hacer ningún cambio. Usted no comprende mi posición», respondió el doctor, con cierta incoherencia en sus modales. «Me encuentro en una situación penosa, Utterson; mi posición es muy extraña, muy extraña. Es uno de esos asuntos que no se arreglan hablando».

«Jekyll», dijo Utterson, «usted me conoce: Soy un hombre de confianza. Dígame la verdad honestamente, y no dudo de que podré sacarle de esto».

«Mi buen Utterson», dijo el doctor, «esto es muy bueno por su parte, es francamente bueno por su parte, y no encuentro palabras para agradecérselo. Le creo plenamente; confiaría en usted antes que en cualquier hombre vivo, ay, antes que en mí mismo, si pudiera elegir; pero en verdad no es lo que usted imagina; no es tan malo como eso; y sólo para tranquilizar su buen corazón, le diré una cosa: en el momento en que yo elija, yo me puedo librar de Mr. Hyde. Le doy mi mano en eso; y se lo agradezco una y otra vez; y sólo añadiré un pequeño comentario, Utterson, que estoy seguro tomará a bien: éste es un asunto privado, y le ruego que lo deje reposar».

Utterson reflexionó un poco, mirando al fuego.

«No me cabe duda de que tiene usted toda la razón», dijo al fin, poniéndose en pie.

«Bien, pero ya que hemos tocado este asunto, y espero que por última vez», continuó el doctor, «hay un punto que me gustaría que entendiera. Tengo realmente un gran interés por el pobre Hyde. Sé que lo ha visto; él me lo dijo; y me temo que fue grosero. Pero sinceramente siento un gran, un grandísimo interés por ese joven; y si falto, Utterson, deseo que me prometa que le apoyará y defenderá sus derechos por él. Creo que lo haría, si lo supiera todo; y me quitaría un peso de encima si me lo prometiera».

"I can't pretend that I shall ever like him," said the lawyer.

"I don't ask that," pleaded Jekyll, laying his hand upon the other's arm; "I only ask for justice; I only ask you to help him for my sake, when I am no longer here."

Utterson heaved an irrepressible sigh. "Well," said he, "I promise."

«No puedo pretender que alguna vez me caiga bien», dijo el abogado.

«No pido eso», suplicó Jekyll, poniendo su mano sobre el brazo del otro; «sólo pido justicia; sólo le pido que le ayude por mi bien, cuando yo ya no esté aquí».

Utterson lanzó un suspiro irreprimible. «Bien», dijo, «lo prometo».

THE CAREW MURDER CASE

Nearly a year later, in the month of October, 18—, London was startled by a crime of singular ferocity and rendered all the more notable by the high position of the victim. The details were few and startling. A maid servant living alone in a house not far from the river, had gone upstairs to bed about eleven. Although a fog rolled over the city in the small hours, the early part of the night was cloudless, and the lane, which the maid's window overlooked, was brilliantly lit by the full moon. It seems she was romantically given, for she sat down upon her box, which stood immediately under the window, and fell into a dream of musing. Never (she used to say, with streaming tears, when she narrated that experience), never had she felt more at peace with all men or thought more kindly of the world. And as she so sat she became aware of an aged beautiful gentleman with white hair, drawing near along the lane; and advancing to meet him, another and very small gentleman, to whom at first she paid less attention. When they had come within speech (which was just under the maid's eyes) the older man bowed and accosted the other with a very pretty manner of politeness. It did not seem as if the subject of his address were of great importance; indeed, from his pointing, it sometimes appeared as if he were only inquiring his way; but the moon shone on his face as he spoke, and the girl was pleased to watch it, it seemed to breathe such an innocent and old-world kindness of disposition, yet with something high too, as of a well-founded self-content. Presently her eye wandered to the other, and she was surprised to recognise in him a certain Mr. Hyde, who had once visited her master and for whom she had conceived a dislike. He had in his hand a heavy cane, with which he was trifling; but he answered never a word, and seemed to listen with an ill-contained impatience. And then all of a sudden he broke out in a great flame of anger, stamping with his foot, brandishing the cane, and carrying on (as the maid described it) like a madman. The old gentleman took a step back, with the air of one very much surprised and a trifle hurt; and at that Mr. Hyde broke out of all bounds and clubbed him to the earth. And next moment, with ape-like fury, he was trampling his victim under foot and hailing down a storm of blows, under which the bones were audibly shattered and the body jumped upon the roadway. At the horror of these sights and sounds, the maid fainted.

EL CASO DEL ASESINATO DE CAREW

Casi un año después, en el mes de octubre de 18..., Londres se vio sobresaltada por un crimen de singular ferocidad y tanto más notable por la alta posición de la víctima. Los detalles eran escasos y sorprendentes. Una criada que vivía sola en una casa no lejos del río, había subido a acostarse hacia las once. Aunque una niebla se cernía sobre la ciudad a altas horas de la madrugada, la primera parte de la noche estaba despejada y la callejuela, a la que daba la ventana de la criada, estaba brillantemente iluminada por la luna llena. Parece que le dio por el romanticismo, porque se sentó sobre su baúl, que estaba justo debajo de la ventana, y cayó en un sueño de cavilaciones. Nunca (solía decir, con lágrimas en los ojos, cuando narraba aquella experiencia), nunca se había sentido más en paz con todos los hombres ni había pensado más amablemente en el mundo. Y mientras estaba así sentada, se dio cuenta de que un hermoso caballero de edad avanzada y pelo blanco se acercaba por el sendero; y que avanzaba a su encuentro otro caballero muy pequeño, al que al principio prestó menos atención. Cuando se hubieron acercado lo suficiente como para hablar (lo que ocurrió justo bajo la mirada de la doncella), el hombre mayor se inclinó y abordó al otro con una cortesía muy elegante. No parecía que el tema de su alocución fuera de gran importancia; de hecho, por su forma de señalar, a veces parecía como si sólo estuviera inquiriendo su camino; pero la luna brillaba en su rostro mientras hablaba, y a la muchacha le complacía observarlo, parecía respirar una amabilidad de talante tan inocente y del viejo mundo, pero con algo elevado también, como bien fundado, contento de sí mismo. De pronto su mirada se desvió hacia el otro, y se sorprendió al reconocer en él a un tal Mr. Hyde, que una vez había visitado a su patrón y por el que había concebido una aversión. Éste tenía en la mano un pesado bastón, con el que jugueteaba; pero no respondía ni una palabra y parecía escuchar con una impaciencia mal contenida. Y entonces, de repente, estalló en una gran llamarada de ira, dando pisotones con el pie, blandiendo el bastón y comportándose (tal como lo describió la criada) como un demente. El caballero de más edad dio un paso atrás, con el aire de alguien muy sorprendido y un poco herido; y en ese momento Mr. Hyde rompió todos los límites y lo golpeó contra el suelo. Y al momento siguiente, con furia simiesca, estaba pisoteando a su víctima y descargando una tormenta de golpes, bajo los cuales los huesos se destrozaron audiblemente y el cuerpo saltó sobre la calzada. Ante el horror de este espectáculo y estos sonidos, la doncella se desmayó.

It was two o'clock when she came to herself and called for the police. The murderer was gone long ago; but there lay his victim in the middle of the lane, incredibly mangled. The stick with which the deed had been done, although it was of some rare and very tough and heavy wood, had broken in the middle under the stress of this insensate cruelty; and one splintered half had rolled in the neighbouring gutter—the other, without doubt, had been carried away by the murderer. A purse and gold watch were found upon the victim: but no cards or papers, except a sealed and stamped envelope, which he had been probably carrying to the post, and which bore the name and address of Mr. Utterson.

This was brought to the lawyer the next morning, before he was out of bed; and he had no sooner seen it and been told the circumstances, than he shot out a solemn lip. "I shall say nothing till I have seen the body," said he; "this may be very serious. Have the kindness to wait while I dress." And with the same grave countenance he hurried through his breakfast and drove to the police station, whither the body had been carried. As soon as he came into the cell, he nodded.

"Yes," said he, "I recognise him. I am sorry to say that this is Sir Danvers Carew."

"Good God, sir," exclaimed the officer, "is it possible?" And the next moment his eye lighted up with professional ambition. "This will make a deal of noise," he said. "And perhaps you can help us to the man." And he briefly narrated what the maid had seen, and showed the broken stick.

Mr. Utterson had already quailed at the name of Hyde; but when the stick was laid before him, he could doubt no longer; broken and battered as it was, he recognised it for one that he had himself presented many years before to Henry Jekyll.

"Is this Mr. Hyde a person of small stature?" he inquired.

"Particularly small and particularly wicked-looking, is what the maid calls him," said the officer.

Mr. Utterson reflected; and then, raising his head, "If you will come

Eran las dos cuando volvió en sí y llamó a la policía. El asesino se había ido hacía tiempo; pero allí yacía su víctima en medio del camino, increíblemente destrozada. El bastón con el que se había realizado la hazaña, aunque era de una madera rara y muy resistente y pesada, se había roto por la mitad bajo la tensión de aquella crueldad insensata; y una mitad astillada había rodado por la cuneta vecina; la otra, sin duda, se la había llevado el asesino. A la víctima se le encontraron un monedero y un reloj de oro: pero ninguna tarjeta ni papel, excepto un sobre sellado y timbrado, que probablemente había estado llevando al correo, y que llevaba el nombre y la dirección de Mr. Utterson.

Se lo llevaron al abogado a la mañana siguiente, antes de que se levantara de la cama; y apenas lo vio y le contaron las circunstancias, lanzó un solemne suspiro. «No diré nada hasta que haya visto el cadáver», dijo; «esto puede ser muy grave. Tenga la amabilidad de esperar mientras me visto». Y con el mismo semblante grave se apresuró a tomar su desayuno y se dirigió a la comisaría, adonde habían llevado el cadáver. En cuanto entró en la celda, asintió.

«Sí», dijo, «le reconozco. Siento decirle que se trata de Sir Danvers Carew».

«Dios mío, señor», exclamó el oficial, «¿es posible?». Y al momento siguiente sus ojos se iluminaron con ambición profesional. «Esto hará mucho ruido», dijo. «Y quizá usted pueda ayudarnos a dar con el hombre». Y narró brevemente lo que había visto la criada, y mostró el bastón roto.

Mr. Utterson ya había temblado ante el nombre de Hyde; pero cuando le pusieron delante el bastón, no pudo dudar más; roto y maltrecho como estaba, lo reconoció como uno que él mismo había presentado muchos años antes a Henry Jekyll.

«¿Es este Mr. Hyde una persona de baja estatura?», preguntó.

«Particularmente pequeño y de aspecto particularmente perverso, así es como lo califica la criada», dijo el oficial.

Mr. Utterson reflexionó; y luego, levantando la cabeza, «Si me acom-

with me in my cab," he said, "I think I can take you to his house."

It was by this time about nine in the morning, and the first fog of the season. A great chocolate-coloured pall lowered over heaven, but the wind was continually charging and routing these embattled vapours; so that as the cab crawled from street to street, Mr. Utterson beheld a marvelous number of degrees and hues of twilight; for here it would be dark like the back-end of evening; and there would be a glow of a rich, lurid brown, like the light of some strange conflagration; and here, for a moment, the fog would be quite broken up, and a haggard shaft of daylight would glance in between the swirling wreaths. The dismal quarter of Soho seen under these changing glimpses, with its muddy ways, and slatternly passengers, and its lamps, which had never been extinguished or had been kindled afresh to combat this mournful reinvasion of darkness, seemed, in the lawyer's eyes, like a district of some city in a nightmare. The thoughts of his mind, besides, were of the gloomiest dye; and when he glanced at the companion of his drive, he was conscious of some touch of that terror of the law and the law's officers, which may at times assail the most honest.

As the cab drew up before the address indicated, the fog lifted a little and showed him a dingy street, a gin palace, a low French eating house, a shop for the retail of penny numbers and twopenny salads, many ragged children huddled in the doorways, and many women of many different nationalities passing out, key in hand, to have a morning glass; and the next moment the fog settled down again upon that part, as brown as umber, and cut him off from his blackguardly surroundings. This was the home of Henry Jekyll's favourite; of a man who was heir to a quarter of a million sterling.

An ivory-faced and silvery-haired old woman opened the door. She had an evil face, smoothed by hypocrisy: but her manners were excellent. Yes, she said, this was Mr. Hyde's, but he was not at home; he had been in that night very late, but he had gone away again in less than an hour; there was nothing strange in that; his habits were very irregular, and he was often absent; for instance, it was nearly two months since she had seen him till yesterday.

paña en mi taxi», dijo, «creo que puedo llevarle a la casa de él».

Eran para entonces cerca de las nueve de la mañana, y la primera niebla de la temporada. Un gran manto color chocolate descendía sobre el cielo, pero el viento embestía y desviaba continuamente estos vapores encrespados; de modo que mientras el taxi se arrastraba de calle en calle, Mr. Utterson contemplaba un maravilloso número de grados y matices de crepúsculo: aquí estaba oscuro como el final del atardecer, allí había un resplandor de un marrón intenso y escabroso, como la luz de una extraña conflagración, y aquí, por un momento, la niebla se disipaba y un rayo macilento de luz diurna se colaba entre los torbellinos. El lúgubre barrio del Soho visto bajo estos cambiantes destellos, con sus caminos embarrados, y sus pasajeros haraganes, y sus lámparas, que nunca se habían apagado o se habían encendido de nuevo para combatir esta lúgubre reinvasión de la oscuridad, parecía, a los ojos del abogado, como un barrio de alguna ciudad en una pesadilla. Los pensamientos de su mente, además, eran del tinte más sombrío; y cuando miró a su compañero de viaje fue consciente de cierto toque de ese terror a la ley y a los funcionarios de la ley, que a veces puede asaltar al más honesto.

Cuando el taxi se detuvo ante la dirección indicada, la niebla se disipó un poco y le mostró una calle sórdida, un palacio de la ginebra, un bajo comedor francés, una tienda de venta al por menor de artículos de un penique y ensaladas de dos peniques, muchos niños harapientos apiñados en los portales y muchas mujeres de muchas nacionalidades diferentes que salían, llave en mano, a tomar una copa matutina; y al momento siguiente la niebla volvió a asentarse sobre aquella parte, tan parda como el ámbar, y lo aisló de su entorno de negrura. Ésta era la casa del favorito de Henry Jekyll; de un hombre que era heredero de un cuarto de millón de libras esterlinas.

Una anciana de cara de marfil y pelo plateado abrió la puerta. Tenía un rostro malvado, suavizado por la hipocresía; pero sus modales eran excelentes. Sí, dijo, ésta era la casa de Mr. Hyde, pero él no estaba; había estado esa noche muy tarde, pero se había vuelto a marchar en menos de una hora; no había nada extraño en ello; sus costumbres eran muy irregulares y se ausentaba a menudo; por ejemplo, hacía casi dos meses que no le había visto hasta ayer.

"Very well, then, we wish to see his rooms," said the lawyer; and when the woman began to declare it was impossible, "I had better tell you who this person is," he added. "This is Inspector Newcomen of Scotland Yard."

A flash of odious joy appeared upon the woman's face. "Ah!" said she, "he is in trouble! What has he done?"

Mr. Utterson and the inspector exchanged glances. "He don't seem a very popular character," observed the latter. "And now, my good woman, just let me and this gentleman have a look about us."

In the whole extent of the house, which but for the old woman remained otherwise empty, Mr. Hyde had only used a couple of rooms; but these were furnished with luxury and good taste. A closet was filled with wine; the plate was of silver, the napery elegant; a good picture hung upon the walls, a gift (as Utterson supposed) from Henry Jekyll, who was much of a connoisseur; and the carpets were of many plies and agreeable in colour. At this moment, however, the rooms bore every mark of having been recently and hurriedly ransacked; clothes lay about the floor, with their pockets inside out; lockfast drawers stood open; and on the hearth there lay a pile of grey ashes, as though many papers had been burned. From these embers the inspector disinterred the butt end of a green cheque book, which had resisted the action of the fire; the other half of the stick was found behind the door; and as this clinched his suspicions, the officer declared himself delighted. A visit to the bank, where several thousand pounds were found to be lying to the murderer's credit, completed his gratification.

"You may depend upon it, sir," he told Mr. Utterson: "I have him in my hand. He must have lost his head, or he never would have left the stick or, above all, burned the cheque book. Why, money's life to the man. We have nothing to do but wait for him at the bank, and get out the handbills."

This last, however, was not so easy of accomplishment; for Mr. Hyde had numbered few familiars—even the master of the servant maid had only seen him twice; his family could nowhere be traced;

«Muy bien, entonces, deseamos ver sus habitaciones», dijo el abogado; y cuando la mujer empezó a declarar que era imposible, «será mejor que le diga quién es esta persona», añadió. «Es el Inspector Newcomen, de Scotland Yard».

Un destello de odiosa alegría apareció en el rostro de la mujer. «¡Ah!», dijo, «¡está en problemas! ¿Qué ha hecho?».

Mr. Utterson y el inspector intercambiaron miradas. «No parece un personaje muy popular», observó este último. «Y ahora, mi buena mujer, deje que este caballero y yo echemos un vistazo a nuestro alrededor».

En toda la extensión de la casa, que de no ser por la anciana permanecía por lo demás vacía, Mr. Hyde sólo había utilizado un par de habitaciones; pero éstas estaban amuebladas con lujo y buen gusto. Un aparador estaba lleno de vino; la vajilla era de plata, la mantelería elegante; de las paredes colgaba un buen cuadro, regalo (según supuso Utterson) de Henry Jekyll, que era muy entendido; y las alfombras eran de muchos pliegues y de agradable color. En ese momento, sin embargo, las habitaciones mostraban todas las señales de haber sido saqueadas reciente y apresuradamente; la ropa yacía por el suelo, con los bolsillos del revés; los cajones cerrados a llave estaban abiertos; y sobre la chimenea yacía un montón de cenizas grises, como si hubieran quemado muchos papeles. De estas brasas, el inspector desenterró el extremo de la parte posterior de un talonario de cheques verdes, que había resistido la acción del fuego; la otra mitad del bastón se encontró detrás de la puerta; y como esto confirmaba sus sospechas, el oficial se declaró encantado. Una visita al banco, donde se encontraron varios miles de libras a crédito del asesino, completó su gratificación.

«Puede estar seguro, señor», le dijo a Mr. Utterson: «Lo tengo en mi poder. Debe de haber perdido la cabeza, o nunca habría dejado el bastón ni, sobre todo, quemado el talonario. Vaya, el dinero es la vida del hombre. No tenemos otra cosa que hacer que esperarle en el banco y publicar los panfletos».

Esto último, sin embargo, no era tan fácil de lograr; porque Mr. Hyde contaba con pocos conocidos... incluso el patrón de la criada sólo le había visto dos veces; no se podía localizar a su familia en ninguna par-

he had never been photographed; and the few who could describe him differed widely, as common observers will. Only on one point were they agreed; and that was the haunting sense of unexpressed deformity with which the fugitive impressed his beholders.

te; nunca había sido fotografiado; y los pocos que podían describirle diferían ampliamente, como lo harán los observadores comunes. Sólo en un punto estaban de acuerdo; y era la inquietante sensación de deformidad inexpresable con la que el fugitivo impresionaba a quienes lo contemplaban.

INCIDENT OF THE LETTER

It was late in the afternoon, when Mr. Utterson found his way to Dr. Jekyll's door, where he was at once admitted by Poole, and carried down by the kitchen offices and across a yard which had once been a garden, to the building which was indifferently known as the laboratory or dissecting rooms. The doctor had bought the house from the heirs of a celebrated surgeon; and his own tastes being rather chemical than anatomical, had changed the destination of the block at the bottom of the garden. It was the first time that the lawyer had been received in that part of his friend's quarters; and he eyed the dingy, windowless structure with curiosity, and gazed round with a distasteful sense of strangeness as he crossed the theatre, once crowded with eager students and now lying gaunt and silent, the tables laden with chemical apparatus, the floor strewn with crates and littered with packing straw, and the light falling dimly through the foggy cupola. At the further end, a flight of stairs mounted to a door covered with red baize; and through this, Mr. Utterson was at last received into the doctor's cabinet. It was a large room fitted round with glass presses, furnished, among other things, with a cheval-glass and a business table, and looking out upon the court by three dusty windows barred with iron. The fire burned in the grate; a lamp was set lighted on the chimney shelf, for even in the houses the fog began to lie thickly; and there, close up to the warmth, sat Dr. Jekyll, looking deathly sick. He did not rise to meet his visitor, but held out a cold hand and bade him welcome in a changed voice.

"And now," said Mr. Utterson, as soon as Poole had left them, "you have heard the news?"

The doctor shuddered. "They were crying it in the square," he said. "I heard them in my dining-room."

"One word," said the lawyer. "Carew was my client, but so are you, and I want to know what I am doing. You have not been mad enough to hide this fellow?"

"Utterson, I swear to God," cried the doctor, "I swear to God I will never set eyes on him again. I bind my honour to you that I am done

EL INCIDENTE DE LA CARTA

Era la última hora de la tarde cuando Mr. Utterson se dirigió a la puerta del Dr. Jekyll, donde fue inmediatamente admitido por Poole, y conducido junto a las oficinas de la cocina y a través de un patio que antaño había sido un jardín, hasta el edificio indistintamente conocido como laboratorio o salas de disección. El doctor había comprado la casa a los herederos de un célebre cirujano; y siendo sus propios gustos más bien químicos que anatómicos, había cambiado el destino del bloque situado al fondo del jardín. Era la primera vez que el abogado era recibido en aquella parte de los aposentos de su amigo; y observó con curiosidad la estructura mugrienta y sin ventanas, y miró a su alrededor con una desagradable sensación de extrañeza mientras cruzaba el teatro, antaño abarrotado de ansiosos estudiantes y que ahora yacía macilento y silencioso, las mesas cargadas de aparatos químicos, el suelo sembrado de cajas y lleno de paja de embalaje, y la luz cayendo tenuemente a través de la cúpula empañada. En el otro extremo, un tramo de escaleras conducía a una puerta cubierta de gamuza roja; y a través de ella, Mr. Utterson fue recibido por fin en el gabinete del doctor. Se trataba de una gran habitación rodeada de cristaleras, amueblada, entre otras cosas, con un espejo de pie y un escritorio, y que daba al patio por tres polvorientas ventanas enrejadas con hierro. El fuego ardía en la chimenea; una lámpara estaba encendida en la repisa de la misma, pues incluso en las casas la niebla empezaba a ser espesa; y allí, cerca del calor, estaba sentado el Dr. Jekyll, con aspecto de estar mortalmente enfermo. No se levantó para recibir a su visitante, sino que le tendió una mano fría y le dio la bienvenida con voz cambiada.

«Y ahora», dijo Mr. Utterson, en cuanto Poole les hubo dejado, «¿se ha enterado de la noticia?».

El médico se estremeció. «Lo gritaban en la plaza», dijo. «Yo lo oí en mi comedor».

«Una sola palabra», dijo el abogado. «Carew era mi cliente, pero usted también lo es, y quiero saber lo que estoy haciendo. ¿No se ha enloquecido lo suficiente como para esconder a este tipo?».

«Utterson, juro por Dios», gritó el doctor, «juro por Dios que no volveré a ponerle los ojos encima. Le juro por mi honor que he terminado con

with him in this world. It is all at an end. And indeed he does not want my help; you do not know him as I do; he is safe, he is quite safe; mark my words, he will never more be heard of."

The lawyer listened gloomily; he did not like his friend's feverish manner. "You seem pretty sure of him," said he; "and for your sake, I hope you may be right. If it came to a trial, your name might appear."

"I am quite sure of him," replied Jekyll; "I have grounds for certainty that I cannot share with any one. But there is one thing on which you may advise me. I have—I have received a letter; and I am at a loss whether I should show it to the police. I should like to leave it in your hands, Utterson; you would judge wisely, I am sure; I have so great a trust in you."

"You fear, I suppose, that it might lead to his detection?" asked the lawyer.

"No," said the other. "I cannot say that I care what becomes of Hyde; I am quite done with him. I was thinking of my own character, which this hateful business has rather exposed."

Utterson ruminated awhile; he was surprised at his friend's selfishness, and yet relieved by it. "Well," said he, at last, "let me see the letter."

The letter was written in an odd, upright hand and signed "Edward Hyde": and it signified, briefly enough, that the writer's benefactor, Dr. Jekyll, whom he had long so unworthily repaid for a thousand generosities, need labour under no alarm for his safety, as he had means of escape on which he placed a sure dependence. The lawyer liked this letter well enough; it put a better colour on the intimacy than he had looked for; and he blamed himself for some of his past suspicions.

"Have you the envelope?" he asked.

"I burned it," replied Jekyll, "before I thought what I was about. But it bore no postmark. The note was handed in."

él en este mundo. Todo ha llegado a su fin. Y de hecho él no necesita mi ayuda; usted no le conoce como yo; está a salvo, está completamente a salvo; recuerde mis palabras, nunca más se oirá hablar de él».

El abogado escuchaba sombríamente; no le gustaban los modales febriles de su amigo. «Parece usted muy seguro de él», dijo; «y por su bien, espero que tenga razón. Si llegara a juicio, su nombre podría aparecer».

«Estoy completamente seguro de él», respondió Jekyll; «tengo motivos para estar seguro que no puedo compartir con nadie. Pero hay una cosa sobre la que puede aconsejarme. He... he recibido una carta; y no sé si debo mostrársela a la policía. Me gustaría dejarlo en sus manos, Utterson; usted juzgaría sabiamente, estoy seguro; tengo tanta confianza en usted».

«¿Teme, supongo, que pueda conducir a su detección?», preguntó el abogado.

«No», dijo el otro. «No puedo decir que me importe lo que ocurra con Hyde; ya he terminado con él. Estaba pensando en mi propio carácter, que este odioso asunto ha expuesto bastante».

Utterson rumió un rato; estaba sorprendido por el egoísmo de su amigo, y a la vez aliviado por ello. «Bien», dijo al fin, «déjeme ver la carta».

La carta estaba escrita con una grafía extraña y erguida y firmada «Edward Hyde»: y señalaba, muy brevemente, que el benefactor del redactor, el Dr. Jekyll, a quien durante tanto tiempo había retribuido indignamente mil generosidades, no tenía por qué alarmarse por su seguridad, ya que disponía de medios de escape de los que dependía con seguridad. Al abogado le gustó bastante esta carta; daba un mejor color a la intimidad de lo que había esperado; y se reprochó algunas de sus sospechas pasadas.

«¿Tiene el sobre?», preguntó.

«Lo quemé», respondió Jekyll, «antes de pensar en lo que hacía. Pero no llevaba matasellos. La nota fue entregada a mano».

"Shall I keep this and sleep upon it?" asked Utterson.

"I wish you to judge for me entirely," was the reply. "I have lost confidence in myself."

"Well, I shall consider," returned the lawyer. "And now one word more: it was Hyde who dictated the terms in your will about that disappearance?"

The doctor seemed seized with a qualm of faintness; he shut his mouth tight and nodded.

"I knew it," said Utterson. "He meant to murder you. You had a fine escape."

"I have had what is far more to the purpose," returned the doctor solemnly: "I have had a lesson—O God, Utterson, what a lesson I have had!" And he covered his face for a moment with his hands.

On his way out, the lawyer stopped and had a word or two with Poole. "By the bye," said he, "there was a letter handed in to-day: what was the messenger like?" But Poole was positive nothing had come except by post; "and only circulars by that," he added.

This news sent off the visitor with his fears renewed. Plainly the letter had come by the laboratory door; possibly, indeed, it had been written in the cabinet; and if that were so, it must be differently judged, and handled with the more caution. The newsboys, as he went, were crying themselves hoarse along the footways: "Special edition. Shocking murder of an M.P." That was the funeral oration of one friend and client; and he could not help a certain apprehension lest the good name of another should be sucked down in the eddy of the scandal. It was, at least, a ticklish decision that he had to make; and self-reliant as he was by habit, he began to cherish a longing for advice. It was not to be had directly; but perhaps, he thought, it might be fished for.

Presently after, he sat on one side of his own hearth, with Mr. Guest, his head clerk, upon the other, and midway between, at a nicely calculated distance from the fire, a bottle of a particular old wine that

«¿Me quedo con esto y lo pienso?», preguntó Utterson.

«Deseo que juzgue por mí enteramente», fue la respuesta. «He perdido la confianza en mí mismo».

«Bien, lo consideraré», respondió el abogado. «Y ahora una pregunta más: ¿fue Hyde quien dictó los términos de su testamento sobre esa desaparición?».

El médico pareció presa de un estremecimiento de debilidad; cerró la boca con fuerza y asintió.

«Lo sabía», dijo Utterson. «Quería asesinarle. Se ha escapado muy bien».

«He obtenido algo mucho más relevante», respondió solemnemente el doctor: «He obtenido una lección... ¡O Dios, Utterson, qué lección he obtenido!». Y se cubrió la cara un momento con las manos.

Al salir, el abogado se detuvo y habló un par de palabras con Poole. «Por cierto», le dijo, «hoy ha llegado una carta a mano: ¿cómo era el mensajero?». Pero Poole estaba seguro de que no había llegado nada excepto por correo; «y sólo circulares por ese medio», añadió.

Esta noticia despidió al visitante con sus temores renovados. Era evidente que la carta había llegado por la puerta del laboratorio; posiblemente, de hecho, había sido escrita en el gabinete; y si era así, debía ser juzgada de otro modo y tratada con mayor cautela. Los repartidores de periódicos, a su paso, gritaban roncos por las aceras: «Edición especial. Impactante asesinato de un miembro del Parlamento». Ésa era la oración fúnebre de un amigo y cliente; y él no podía evitar una cierta aprensión por si el buen nombre de otro era succionado por el remolino del escándalo. Era, al menos, una decisión delicada la que tenía que tomar; y por muy seguro de sí mismo que fuera por costumbre, empezó a albergar el anhelo de un consejo. No podía obtenerlo directamente; pero tal vez, pensó, podría pescarlo.

Poco después, se sentó a un lado de su propia chimenea, con Mr. Guest, su secretario en jefe, al otro, y en medio, a una distancia bien calculada del fuego, una botella de un vino añejo en particular que llevaba mucho

had long dwelt unsunned in the foundations of his house. The fog still slept on the wing above the drowned city, where the lamps glimmered like carbuncles; and through the muffle and smother of these fallen clouds, the procession of the town's life was still rolling in through the great arteries with a sound as of a mighty wind. But the room was gay with firelight. In the bottle the acids were long ago resolved; the imperial dye had softened with time, as the colour grows richer in stained windows; and the glow of hot autumn afternoons on hillside vineyards, was ready to be set free and to disperse the fogs of London. Insensibly the lawyer melted. There was no man from whom he kept fewer secrets than Mr. Guest; and he was not always sure that he kept as many as he meant. Guest had often been on business to the doctor's; he knew Poole; he could scarce have failed to hear of Mr. Hyde's familiarity about the house; he might draw conclusions: was it not as well, then, that he should see a letter which put that mystery to right? and above all since Guest, being a great student and critic of handwriting, would consider the step natural and obliging? The clerk, besides, was a man of counsel; he could scarce read so strange a document without dropping a remark; and by that remark Mr. Utterson might shape his future course.

"This is a sad business about Sir Danvers," he said.

"Yes, sir, indeed. It has elicited a great deal of public feeling," returned Guest. "The man, of course, was mad."

"I should like to hear your views on that," replied Utterson. "I have a document here in his handwriting; it is between ourselves, for I scarce know what to do about it; it is an ugly business at the best. But there it is; quite in your way: a murderer's autograph."

Guest's eyes brightened, and he sat down at once and studied it with passion. "No sir," he said: "not mad; but it is an odd hand."

"And by all accounts a very odd writer," added the lawyer.

Just then the servant entered with a note.

"Is that from Dr. Jekyll, sir?" inquired the clerk. "I thought I knew

tiempo sin consumirse en los cimientos de su casa. La niebla aún dormía mientras avanzaba sobre la ciudad ahogada, donde las lámparas brillaban como carbúnculos; y a través de la bruma y el sofoco de estas nubes caídas, la procesión de la vida de la ciudad seguía rodando por las grandes arterias con un sonido como de viento impetuoso. Pero la habitación estaba alegre por la luz del fuego. En la botella, los ácidos se habían resuelto hacía tiempo; el tinte imperial se había suavizado con el tiempo, como se enriquece el color en los vitrales; y el resplandor de las calurosas tardes de otoño en los viñedos de las laderas, estaba listo para liberarse y dispersar las nieblas de Londres. Insensiblemente, el abogado se deshizo. No había hombre para quien guardara menos secretos que para Mr. Guest; y no siempre estaba seguro de que guardara tantos como pretendía. Guest había ido a menudo por negocios a casa del doctor; conocía a Poole; difícilmente podría haber dejado de oír hablar de la familiaridad de Mr. Hyde con la casa; podría sacar conclusiones: ¿no era mejor, entonces, que viera una carta que aclarara ese misterio y, sobre todo, puesto que Guest, siendo un gran estudioso y crítico de la caligrafía, consideraría el paso natural y servicial? El secretario, además, era un hombre de consejo; difícilmente podría leer un documento tan extraño sin soltar una observación; y mediante esa observación Mr. Utterson podría dar forma a su futuro curso.

«Es un triste asunto el de Sir Danvers», dijo él.

«Sí, señor, desde luego. Ha suscitado un gran sentimiento público», respondió Guest. «El hombre, por supuesto, estaba loco».

«Me gustaría conocer su opinión al respecto», respondió Utterson. «Tengo aquí un documento de su puño y letra; que quede entre nosotros, pues apenas sé qué hacer con él; es un asunto feo en el mejor de los casos. Pero ahí está; a su manera: el autógrafo de un asesino».

Los ojos de Guest se iluminaron, se sentó enseguida y lo estudió con pasión. «No señor», dijo, «no está loco; pero es una grafía extraña».

«Y a todas luces un escritor muy raro», añadió el abogado.

Justo entonces entró el criado con una nota.

«¿Es del Dr. Jekyll, señor?», preguntó el secretario. «Creía conocer la

the writing. Anything private, Mr. Utterson?"

"Only an invitation to dinner. Why? Do you want to see it?"

"One moment. I thank you, sir;" and the clerk laid the two sheets of paper alongside and sedulously compared their contents. "Thank you, sir," he said at last, returning both; "it's a very interesting autograph."

There was a pause, during which Mr. Utterson struggled with himself. "Why did you compare them, Guest?" he inquired suddenly.

"Well, sir," returned the clerk, "there's a rather singular resemblance; the two hands are in many points identical: only differently sloped."

"Rather quaint," said Utterson.

"It is, as you say, rather quaint," returned Guest.

"I wouldn't speak of this note, you know," said the master.

"No, sir," said the clerk. "I understand."

But no sooner was Mr. Utterson alone that night, than he locked the note into his safe, where it reposed from that time forward. "What!" he thought. "Henry Jekyll forge for a murderer!" And his blood ran cold in his veins.

grafía. ¿Algo privado, Mr. Utterson?».

«Sólo una invitación a cenar. ¿Por qué? ¿Quiere verla?».

«Un momento. Se lo agradezco, señor»; y el secretario colocó las dos hojas de papel a su lado y comparó cuidadosamente su contenido. «Gracias, señor», dijo al fin, devolviéndole ambos; «es un autógrafo muy interesante».

Hubo una pausa, durante la cual Mr. Utterson luchó consigo mismo. «¿Por qué las ha comparado, Guest?», inquirió de repente.

«Bueno, señor», respondió el empleado, «hay un parecido bastante singular; las dos grafías son en muchos puntos idénticas: sólo que con una inclinación diferente».

«Bastante pintoresco», dijo Utterson.

«Es, como usted dice, bastante pintoresco», respondió Guest.

«Yo no hablaría de esta nota, ¿sabe?», dijo el patrón.

«No, señor», dijo el secretario. «Entiendo».

Pero en cuanto Mr. Utterson se quedó solo aquella noche, guardó la nota en su caja fuerte, donde reposó desde entonces. «¡Qué!», pensó. «¡Henry Jekyll falsificando una carta en favor de un asesino!». Y se le heló la sangre en las venas.

INCIDENT OF DR. LANYON

Time ran on; thousands of pounds were offered in reward, for the death of Sir Danvers was resented as a public injury; but Mr. Hyde had disappeared out of the ken of the police as though he had never existed. Much of his past was unearthed, indeed, and all disreputable: tales came out of the man's cruelty, at once so callous and violent; of his vile life, of his strange associates, of the hatred that seemed to have surrounded his career; but of his present whereabouts, not a whisper. From the time he had left the house in Soho on the morning of the murder, he was simply blotted out; and gradually, as time drew on, Mr. Utterson began to recover from the hotness of his alarm, and to grow more at quiet with himself. The death of Sir Danvers was, to his way of thinking, more than paid for by the disappearance of Mr. Hyde. Now that that evil influence had been withdrawn, a new life began for Dr. Jekyll. He came out of his seclusion, renewed relations with his friends, became once more their familiar guest and entertainer; and whilst he had always been known for charities, he was now no less distinguished for religion. He was busy, he was much in the open air, he did good; his face seemed to open and brighten, as if with an inward consciousness of service; and for more than two months, the doctor was at peace.

On the 8th of January Utterson had dined at the doctor's with a small party; Lanyon had been there; and the face of the host had looked from one to the other as in the old days when the trio were inseparable friends. On the 12th, and again on the 14th, the door was shut against the lawyer. "The doctor was confined to the house," Poole said, "and saw no one." On the 15th, he tried again, and was again refused; and having now been used for the last two months to see his friend almost daily, he found this return of solitude to weigh upon his spirits. The fifth night he had in Guest to dine with him; and the sixth he betook himself to Dr. Lanyon's.

There at least he was not denied admittance; but when he came in, he was shocked at the change which had taken place in the doctor's appearance. He had his death-warrant written legibly upon his face. The rosy man had grown pale; his flesh had fallen away; he was visibly balder and older; and yet it was not so much these tokens of a swift physical decay that arrested the lawyer's notice, as a look in

EL INCIDENTE DEL DR. LANYON

El tiempo pasó; se ofrecieron miles de libras como recompensa, pues la muerte de Sir Danvers se resintió como un agravio público; pero Mr. Hyde había desaparecido de la vista de la policía como si nunca hubiera existido. Se desenterró mucho de su pasado, ciertamente, y todo de mala reputación: surgieron historias de la crueldad del hombre, tan insensible y violenta a la vez; de su vil vida, de sus extraños asociados, del odio que parecía haber rodeado su carrera; pero de su paradero actual, ni un susurro. Desde el momento en que había abandonado la casa de Soho la mañana del asesinato, simplemente se había borrado; y poco a poco, a medida que pasaba el tiempo, Mr. Utterson empezó a recuperarse del ardor de su alarma y a sentirse más tranquilo consigo mismo. La muerte de Sir Danvers estaba, a su modo de ver, más que compensada por la desaparición de Mr. Hyde. Ahora que esa influencia maligna se había retirado, comenzaba una nueva vida para el Dr. Jekyll. Salió de su reclusión, renovó las relaciones con sus amigos, volvió a ser su invitado y agasajado familiar; y aunque siempre había sido conocido por sus obras de caridad, ahora no era menos distinguido por su religión. Estaba ocupado, pasaba mucho tiempo al aire libre, hacía el bien; su rostro parecía abrirse y brillar, como con una conciencia interior de servicio; y durante más de dos meses, el doctor estuvo en paz.

El 8 de enero Utterson había cenado en casa del doctor con un pequeño grupo; Lanyon había estado allí; y el rostro del anfitrión había mirado de uno a otro como en los viejos tiempos en que el trío era amigo inseparable. El día 12, y de nuevo el 14, la puerta se cerró contra el abogado. «El doctor estaba confinado en la casa», dijo Poole, «y no veía a nadie». El día 15 volvió a intentarlo, y de nuevo fue rechazado; y acostumbrado desde hacía dos meses a ver a su amigo casi a diario, esta vuelta a la soledad le pesó en el ánimo. La quinta noche invitó a Guest a cenar con él; y en la sexta acudió a casa del Dr. Lanyon.

Allí, al menos, no le negaron la entrada; pero cuando entró, le sorprendió el cambio que se había producido en el aspecto del médico. Tenía su sentencia de muerte escrita de forma legible en la cara. El hombre sonrosado había palidecido; su piel se había deteriorado; estaba visiblemente más calvo y viejo; y sin embargo, no fueron tanto estos indicios de una rápida decadencia física los que llamaron la atención

the eye and quality of manner that seemed to testify to some deep-seated terror of the mind. It was unlikely that the doctor should fear death; and yet that was what Utterson was tempted to suspect. "Yes," he thought; "he is a doctor, he must know his own state and that his days are counted; and the knowledge is more than he can bear." And yet when Utterson remarked on his ill looks, it was with an air of great firmness that Lanyon declared himself a doomed man.

"I have had a shock," he said, "and I shall never recover. It is a question of weeks. Well, life has been pleasant; I liked it; yes, sir, I used to like it. I sometimes think if we knew all, we should be more glad to get away."

"Jekyll is ill, too," observed Utterson. "Have you seen him?"

But Lanyon's face changed, and he held up a trembling hand. "I wish to see or hear no more of Dr. Jekyll," he said in a loud, unsteady voice. "I am quite done with that person; and I beg that you will spare me any allusion to one whom I regard as dead."

"Tut, tut!" said Mr. Utterson; and then after a considerable pause, "Can't I do anything?" he inquired. "We are three very old friends, Lanyon; we shall not live to make others."

"Nothing can be done," returned Lanyon; "ask himself."

"He will not see me," said the lawyer.

"I am not surprised at that," was the reply. "Some day, Utterson, after I am dead, you may perhaps come to learn the right and wrong of this. I cannot tell you. And in the meantime, if you can sit and talk with me of other things, for God's sake, stay and do so; but if you cannot keep clear of this accursed topic, then in God's name, go, for I cannot bear it."

As soon as he got home, Utterson sat down and wrote to Jekyll, complaining of his exclusion from the house, and asking the cause of this unhappy break with Lanyon; and the next day brought him a

del abogado, como una mirada en los ojos y una cualidad en los modales que parecían atestiguar algún terror profundamente arraigado en la mente. Era improbable que el médico temiera a la muerte; y sin embargo, eso fue lo que Utterson estuvo tentado de sospechar. «Sí», pensó; «es médico, debe conocer su propio estado y que sus días están contados; y el saberlo es más de lo que puede soportar». Y sin embargo, cuando Utterson le hizo notar su mal aspecto, fue con un aire de gran firmeza que Lanyon se declaró un hombre condenado.

«He sufrido una conmoción», dijo, «y nunca me recuperaré. Es cuestión de semanas. Bueno, la vida ha sido agradable; me gustaba; sí, señor, me gustaba. A veces pienso que si lo supiéramos todo, nos alegraríamos más de irnos».

«Jekyll también está enfermo», observó Utterson. «¿Le ha visto?».

Pero el rostro de Lanyon cambió y levantó una mano temblorosa. «No deseo ver ni oír nada más del Dr. Jekyll», dijo con voz fuerte e inestable. «He acabado con esa persona; y le ruego que me ahorre cualquier alusión a alguien a quien considero muerto».

«¡Vaya, vaya!», dijo Mr. Utterson; y luego, tras una pausa considerable, «¿Acaso puedo hacer algo?», inquirió. «Somos tres viejos amigos, Lanyon; no viviremos para hacer otros».

«No se puede hacer nada», respondió Lanyon; «pregúntele usted mismo».

«No quiere recibirme», dijo el abogado.

«No me sorprende», fue la respuesta. «Algún día, Utterson, después de que yo haya muerto, quizá llegue a conocer lo bueno y lo malo de esto. Yo no puedo decírselo. Y mientras tanto, si puede sentarse y hablar conmigo de otras cosas, por el amor de Dios, quédese y hágalo; pero si no puede mantenerse alejado de este maldito tema, entonces, en nombre de Dios, váyase, porque no puedo soportarlo».

Tan pronto como llegó a casa, Utterson se sentó y escribió a Jekyll, quejándose de su exclusión de la casa y preguntando la causa de esta infeliz ruptura con Lanyon; y el día siguiente le trajo una larga respues-

long answer, often very pathetically worded, and sometimes darkly mysterious in drift. The quarrel with Lanyon was incurable. "I do not blame our old friend," Jekyll wrote, "but I share his view that we must never meet. I mean from henceforth to lead a life of extreme seclusion; you must not be surprised, nor must you doubt my friendship, if my door is often shut even to you. You must suffer me to go my own dark way. I have brought on myself a punishment and a danger that I cannot name. If I am the chief of sinners, I am the chief of sufferers also. I could not think that this earth contained a place for sufferings and terrors so unmanning; and you can do but one thing, Utterson, to lighten this destiny, and that is to respect my silence." Utterson was amazed; the dark influence of Hyde had been withdrawn, the doctor had returned to his old tasks and amities; a week ago, the prospect had smiled with every promise of a cheerful and an honoured age; and now in a moment, friendship, and peace of mind, and the whole tenor of his life were wrecked. So great and unprepared a change pointed to madness; but in view of Lanyon's manner and words, there must lie for it some deeper ground.

A week afterwards Dr. Lanyon took to his bed, and in something less than a fortnight he was dead. The night after the funeral, at which he had been sadly affected, Utterson locked the door of his business room, and sitting there by the light of a melancholy candle, drew out and set before him an envelope addressed by the hand and sealed with the seal of his dead friend. "PRIVATE: for the hands of G. J. Utterson ALONE, and in case of his predecease to be destroyed unread," so it was emphatically superscribed; and the lawyer dreaded to behold the contents. "I have buried one friend to-day," he thought: "what if this should cost me another?" And then he condemned the fear as a disloyalty, and broke the seal. Within there was another enclosure, likewise sealed, and marked upon the cover as "not to be opened till the death or disappearance of Dr. Henry Jekyll." Utterson could not trust his eyes. Yes, it was disappearance; here again, as in the mad will which he had long ago restored to its author, here again were the idea of a disappearance and the name of Henry Jekyll bracketted. But in the will, that idea had sprung from the sinister suggestion of the man Hyde; it was set there with a purpose all too plain and horrible. Written by the hand of Lanyon, what should it mean? A great curiosity came on the trustee, to disregard the prohibition and dive at once

ta, a menudo redactada de forma muy patética, y a veces oscuramente misteriosa en su deriva. La disputa con Lanyon era incurable. «No culpo a nuestro viejo amigo», escribió Jekyll, «pero comparto su opinión de que nunca más debemos vernos. De ahora en adelante me propongo llevar una vida de extrema reclusión; no debe usted sorprenderse, ni dudar de mi amistad, si mi puerta se cierra a menudo incluso para usted. Debe permitirme que siga mi oscuro camino. He atraído sobre mí un castigo y un peligro que no puedo nombrar. Si soy el principal de los que pecan, también soy el principal de los que sufren. No podía pensar que esta tierra contuviera un lugar para sufrimientos y terrores tan desmedidos; y usted sólo puede hacer una cosa, Utterson, para aligerar este destino, y es respetar mi silencio». Utterson estaba asombrado; la oscura influencia de Hyde se había retirado, el doctor había vuelto a sus antiguas tareas y amistades; hacía una semana, la perspectiva había sonreído con todas las promesas de una edad alegre y llena de honores; y ahora, en un momento, la amistad, y la paz de espíritu, y todo el tenor de su vida naufragaban. Un cambio tan grande e imprevisto apuntaba a la locura; pero a la vista de los modales y las palabras de Lanyon, debía de haber para ello algún motivo más profundo.

Una semana después el Dr. Lanyon se retiró a su lecho, y en algo menos de quince días estaba muerto. La noche siguiente al funeral, en el que se había sentido tristemente afectado, Utterson cerró con llave la puerta de su despacho y, sentado allí a la luz de una melancólica vela, sacó y puso ante sí un sobre con el destinatario escrito a mano y lacrado con el sello de su difunto amigo. «PRIVADO: para las manos de G. J. Utterson UNICAMENTE, y en caso de su fallecimiento para ser destruido sin leer», así estaba rotulado enfáticamente; y el abogado temió contemplar el contenido. «Hoy he enterrado a un amigo», pensó: «¿y si esto me costara otro?». Y entonces condenó el temor como una deslealtad, y rompió el sello. Dentro había otro sobre, igualmente sellado, y marcado en la cubierta con la leyenda «no abrir hasta la muerte o desaparición del Dr. Henry Jekyll». Utterson no podía confiar en sus ojos. Sí, era una desaparición; aquí de nuevo, como en el desquiciado testamento que hacía tiempo había restituido a su autor, aquí de nuevo estaban entre paréntesis la idea de una desaparición y el nombre de Henry Jekyll. Pero en el testamento, esa idea había surgido de la siniestra sugerencia del tal Hyde; estaba puesta allí con un propósito demasiado claro y horrible. Escrito por la mano de Lanyon, ¿qué debía significar? Una gran curiosidad se apoderó del fideicomisario, deseoso de hacer caso

to the bottom of these mysteries; but professional honour and faith to his dead friend were stringent obligations; and the packet slept in the inmost corner of his private safe.

It is one thing to mortify curiosity, another to conquer it; and it may be doubted if, from that day forth, Utterson desired the society of his surviving friend with the same eagerness. He thought of him kindly; but his thoughts were disquieted and fearful. He went to call indeed; but he was perhaps relieved to be denied admittance; perhaps, in his heart, he preferred to speak with Poole upon the doorstep and surrounded by the air and sounds of the open city, rather than to be admitted into that house of voluntary bondage, and to sit and speak with its inscrutable recluse. Poole had, indeed, no very pleasant news to communicate. The doctor, it appeared, now more than ever confined himself to the cabinet over the laboratory, where he would sometimes even sleep; he was out of spirits, he had grown very silent, he did not read; it seemed as if he had something on his mind. Utterson became so used to the unvarying character of these reports, that he fell off little by little in the frequency of his visits.

omiso de la prohibición y sumergirse de inmediato en el fondo de aquellos misterios; pero el honor profesional y la fe a su amigo muerto eran obligaciones estrictas; y el paquete dormía en el rincón más recóndito de su caja fuerte privada.

Una cosa es mortificar la curiosidad y otra conquistarla; y cabe dudar de que, a partir de aquel día, Utterson deseara la sociedad de su amigo superviviente con el mismo afán. Pensaba en él amablemente; pero sus pensamientos eran inquietos y temerosos. Fue a visitarlo, en efecto; pero tal vez se sintió aliviado al negársele la entrada; tal vez, en su fuero interno, prefería hablar con Poole en el umbral de la puerta y rodeado del aire y los sonidos de la ciudad abierta, antes que ser admitido en aquella casa de servidumbre voluntaria, y sentarse a hablar con su inescrutable recluso. Poole no tenía, en efecto, noticias muy agradables que comunicar. El doctor, al parecer, se recluía ahora más que nunca en el gabinete que había sobre el laboratorio, donde a veces incluso dormía; estaba sin ánimo, se había vuelto muy silencioso, no leía; parecía como si tuviera algo en la cabeza. Utterson se acostumbró tanto al carácter invariable de estos informes, que fue disminuyendo poco a poco la frecuencia de sus visitas.

It chanced on Sunday, when Mr. Utterson was on his usual walk with Mr. Enfield, that their way lay once again through the by-street; and that when they came in front of the door, both stopped to gaze on it.

"Well," said Enfield, "that story's at an end at least. We shall never see more of Mr. Hyde."

"I hope not," said Utterson. "Did I ever tell you that I once saw him, and shared your feeling of repulsion?"

"It was impossible to do the one without the other," returned Enfield. "And by the way, what an ass you must have thought me, not to know that this was a back way to Dr. Jekyll's! It was partly your own fault that I found it out, even when I did."

"So you found it out, did you?" said Utterson. "But if that be so, we may step into the court and take a look at the windows. To tell you the truth, I am uneasy about poor Jekyll; and even outside, I feel as if the presence of a friend might do him good."

The court was very cool and a little damp, and full of premature twilight, although the sky, high up overhead, was still bright with sunset. The middle one of the three windows was half-way open; and sitting close beside it, taking the air with an infinite sadness of mien, like some disconsolate prisoner, Utterson saw Dr. Jekyll.

"What! Jekyll!" he cried. "I trust you are better."

"I am very low, Utterson," replied the doctor drearily, "very low. It will not last long, thank God."

"You stay too much indoors," said the lawyer. "You should be out, whipping up the circulation like Mr. Enfield and me. (This is my cousin—Mr. Enfield—Dr. Jekyll.) Come now; get your hat and take a quick turn with us."

"You are very good," sighed the other. "I should like to very much;

Sucedió un domingo, cuando Mr. Utterson daba su paseo habitual con Mr. Enfield, que su camino pasaba una vez más por la callejuela; y que al llegar frente a la puerta, ambos se detuvieron para contemplarla.

«Bueno», dijo Enfield, «al menos esa historia ha llegado a su fin. No volveremos a ver a Mr. Hyde».

«Espero que no», dijo Utterson. «¿Te he dicho alguna vez que una vez lo vi, y compartí tu sentimiento de repulsión?».

«Era imposible hacer lo uno sin lo otro», respondió Enfield. «Y, por cierto, ¡por qué imbécil me habrás tomado, al no saber que éste era un camino trasero a casa del Dr. Jekyll! En parte fue culpa tuya que lo descubriera, incluso cuando lo hice».

«Así que lo descubriste, ¿verdad?», dijo Utterson. «Pero si es así, podemos entrar en el patio y echar un vistazo a las ventanas. A decir verdad, estoy inquieto por el pobre Jekyll; e incluso desde fuera, siento como si la presencia de un amigo pudiera hacerle bien».

El patio estaba muy fresco y un poco húmedo, y lleno de un crepúsculo prematuro, aunque el cielo, en lo alto, aún brillaba con la puesta de sol. La ventana del medio de las tres estaba medio abierta; y sentado cerca de ella, tomando el aire con una infinita tristeza de semblante, como algún desconsolado prisionero, Utterson vio al Dr. Jekyll.

«¡Vaya! ¡Jekyll!», gritó. «Espero que esté mejor».

«Estoy muy decaído, Utterson», contestó el doctor sombríamente, «muy decaído. No durará mucho, gracias a Dios».

«Se queda demasiado en casa», dijo el abogado. «Debería estar fuera, estimulando la circulación como Mr. Enfield y yo (este es mi primo: Mr. Enfield, Dr. Jekyll). Venga ahora; coja su sombrero y dé una vuelta rápida con nosotros».

«Es usted muy bueno», suspiró el otro. «Me gustaría mucho; pero no,

but no, no, no, it is quite impossible; I dare not. But indeed, Utterson, I am very glad to see you; this is really a great pleasure; I would ask you and Mr. Enfield up, but the place is really not fit."

"Why, then," said the lawyer, good-naturedly, "the best thing we can do is to stay down here and speak with you from where we are."

"That is just what I was about to venture to propose," returned the doctor with a smile. But the words were hardly uttered, before the smile was struck out of his face and succeeded by an expression of such abject terror and despair, as froze the very blood of the two gentlemen below. They saw it but for a glimpse for the window was instantly thrust down; but that glimpse had been sufficient, and they turned and left the court without a word. In silence, too, they traversed the by-street; and it was not until they had come into a neighbouring thoroughfare, where even upon a Sunday there were still some stirrings of life, that Mr. Utterson at last turned and looked at his companion. They were both pale; and there was an answering horror in their eyes.

"God forgive us, God forgive us," said Mr. Utterson.

But Mr. Enfield only nodded his head very seriously, and walked on once more in silence.

no, no, es del todo imposible; no me atrevo. Pero ciertamente, Utterson, me alegro mucho de verle; esto es realmente un gran placer; le invitaría a usted y a Mr. Enfield a subir, pero el lugar no es realmente adecuado».

«Entonces», dijo el abogado, con buen humor, «lo mejor que podemos hacer es quedarnos aquí abajo y hablar con usted desde donde estamos».

«Eso es justo lo que estaba a punto de aventurarme a proponer», respondió el doctor con una sonrisa. Pero las palabras apenas fueron pronunciadas, antes de que la sonrisa fuera borrada de su rostro y sucedida por una expresión de tal abyecto terror y desesperación que heló la sangre misma de los dos caballeros que estaban abajo. No lo vieron más que de soslayo, pues la ventana se cerró de golpe; pero ese vistazo había sido suficiente, y se dieron la vuelta y abandonaron el patio sin decir palabra. Atravesaron también en silencio la callejuela; y no fue hasta que llegaron a una vía pública vecina, donde incluso en domingo aún había algo de vida, cuando Mr. Utterson se volvió por fin y miró a su compañero. Ambos estaban pálidos; y había un horror correspondido en sus ojos.

«Que Dios nos perdone, que Dios nos perdone», dijo Mr. Utterson.

Pero Mr. Enfield se limitó a asentir muy serio con la cabeza y siguió caminando en silencio.

THE LAST NIGHT

Mr. Utterson was sitting by his fireside one evening after dinner, when he was surprised to receive a visit from Poole.

"Bless me, Poole, what brings you here?" he cried; and then taking a second look at him, "What ails you?" he added; "is the doctor ill?"

"Mr. Utterson," said the man, "there is something wrong."

"Take a seat, and here is a glass of wine for you," said the lawyer. "Now, take your time, and tell me plainly what you want."

"You know the doctor's ways, sir," replied Poole, "and how he shuts himself up. Well, he's shut up again in the cabinet; and I don't like it, sir—I wish I may die if I like it. Mr. Utterson, sir, I'm afraid."

"Now, my good man," said the lawyer, "be explicit. What are you afraid of?"

"I've been afraid for about a week," returned Poole, doggedly disregarding the question, "and I can bear it no more."

The man's appearance amply bore out his words; his manner was altered for the worse; and except for the moment when he had first announced his terror, he had not once looked the lawyer in the face. Even now, he sat with the glass of wine untasted on his knee, and his eyes directed to a corner of the floor. "I can bear it no more," he repeated.

"Come," said the lawyer, "I see you have some good reason, Poole; I see there is something seriously amiss. Try to tell me what it is."

"I think there's been foul play," said Poole, hoarsely.

"Foul play!" cried the lawyer, a good deal frightened and rather inclined to be irritated in consequence. "What foul play! What does the man mean?"

LA ÚLTIMA NOCHE

Mr. Utterson estaba sentado junto a la chimenea una noche después de cenar, cuando recibió con sorpresa la visita de Poole.

«Bendito sea, Poole, ¿qué le trae por aquí?», exclamó; y luego, echándole una segunda mirada, añadió: «¿qué le aflige?»; «¿está enfermo el doctor?».

«Mr. Utterson», dijo el hombre, «algo va mal».

«Tome asiento, y aquí tiene un vaso de vino para usted», dijo el abogado. «Ahora, tómese su tiempo y dígame claramente lo que quiere».

«Ya conoce las costumbres del doctor, señor», replicó Poole, «y cómo se encierra. Pues bien, se ha vuelto a encerrar en el gabinete; y no me gusta, señor... ojalá me muriera si me gustara. Mr. Utterson, señor, tengo miedo».

«Ahora bien, mi buen hombre», dijo el abogado, «sea explícito. ¿De qué tiene miedo?».

«Llevo una semana con miedo», respondió Poole, haciendo caso omiso de la pregunta, «y no puedo soportarlo más».

El aspecto del hombre corroboraba ampliamente sus palabras; sus modales estaban desmejorados y, salvo en el momento en que había anunciado por primera vez su terror, no había mirado ni una sola vez a la cara al abogado. Incluso ahora, estaba sentado con el vaso de vino sin probar sobre la rodilla, y la mirada dirigida hacia un rincón del suelo. «No puedo soportarlo más», repitió.

«Vamos», dijo el abogado, «veo que tiene alguna buena razón, Poole; veo que hay algo que falla gravemente. Trate de decirme qué es».

«Creo que ha habido juego sucio», dijo Poole, con voz ronca.

«¡Juego sucio!», exclamó el abogado, bastante asustado y más bien inclinado a irritarse en consecuencia. «¡Qué juego sucio! ¿Qué quiere decir ese hombre?».

"I daren't say, sir," was the answer; "but will you come along with me and see for yourself?"

Mr. Utterson's only answer was to rise and get his hat and greatcoat; but he observed with wonder the greatness of the relief that appeared upon the butler's face, and perhaps with no less, that the wine was still untasted when he set it down to follow.

It was a wild, cold, seasonable night of March, with a pale moon, lying on her back as though the wind had tilted her, and flying wrack of the most diaphanous and lawny texture. The wind made talking difficult, and flecked the blood into the face. It seemed to have swept the streets unusually bare of passengers, besides; for Mr. Utterson thought he had never seen that part of London so deserted. He could have wished it otherwise; never in his life had he been conscious of so sharp a wish to see and touch his fellow-creatures; for struggle as he might, there was borne in upon his mind a crushing anticipation of calamity. The square, when they got there, was full of wind and dust, and the thin trees in the garden were lashing themselves along the railing. Poole, who had kept all the way a pace or two ahead, now pulled up in the middle of the pavement, and in spite of the biting weather, took off his hat and mopped his brow with a red pocket-handkerchief. But for all the hurry of his coming, these were not the dews of exertion that he wiped away, but the moisture of some strangling anguish; for his face was white and his voice, when he spoke, harsh and broken.

"Well, sir," he said, "here we are, and God grant there be nothing wrong."

"Amen, Poole," said the lawyer.

Thereupon the servant knocked in a very guarded manner; the door was opened on the chain; and a voice asked from within, "Is that you, Poole?"

"It's all right," said Poole. "Open the door."

The hall, when they entered it, was brightly lighted up; the fire was built high; and about the hearth the whole of the servants, men and

«No me atrevo a decirlo, señor», fue la respuesta; «¿pero me acompañaría y lo vería usted mismo?».

La única respuesta de Mr. Utterson fue levantarse y coger su sombrero y su abrigo; pero observó con asombro el alivio tan grande que apareció en el rostro del mayordomo, y quizá con no menos, que el vino seguía sin probar cuando lo dejó para proseguir.

Era una noche salvaje, fría y propia del mes de marzo, con una luna pálida, tumbada de espaldas como si el viento la hubiera inclinado, y el viento volando con una textura de lo más diáfana y leonina. El viento dificultaba el habla y moteaba la sangre en la cara. Además, parecía haber barrido las calles inusualmente vacías de transeúntes; pues Mr. Utterson pensó que nunca había visto aquella parte de Londres tan desierta. Hubiera deseado que fuera de otro modo; nunca en su vida había sido consciente de un deseo tan agudo de ver y tocar a sus semejantes; pues por más que luchaba, se apoderaba de su mente una aplastante anticipación de calamidad. Cuando llegaron, la plaza estaba llena de viento y polvo, y los delgados árboles del jardín se arremolinaban a lo largo de la barandilla. Poole, que se había mantenido todo el camino uno o dos pasos por delante, se detuvo ahora en medio de la acera y, a pesar del tiempo hiriente, se quitó el sombrero y se secó la frente con un pañuelo rojo de bolsillo. Pero a pesar de toda la prisa que llevaba, no era el sudor del esfuerzo lo que enjugaba, sino la humedad de alguna angustia estranguladora; pues su rostro estaba blanco y su voz, cuando hablaba, áspera y quebrada.

«Bien, señor», dijo, «aquí estamos, y Dios quiera que no haya nada malo».

«Amén, Poole», dijo el abogado.

En ese momento, el criado llamó a la puerta de forma muy cautelosa; la cadena de la puerta se corrió y una voz preguntó desde dentro: «¿Es usted, Poole?».

«Está todo bien», dijo Poole. «Abra la puerta».

El salón, cuando entraron en él, estaba brillantemente iluminado; el fuego encendido estaba alto; y alrededor del hogar toda la servidumbre,

women, stood huddled together like a flock of sheep. At the sight of Mr. Utterson, the housemaid broke into hysterical whimpering; and the cook, crying out "Bless God! it's Mr. Utterson," ran forward as if to take him in her arms.

"What, what? Are you all here?" said the lawyer peevishly. "Very irregular, very unseemly; your master would be far from pleased."

"They're all afraid," said Poole.

Blank silence followed, no one protesting; only the maid lifted her voice and now wept loudly.

"Hold your tongue!" Poole said to her, with a ferocity of accent that testified to his own jangled nerves; and indeed, when the girl had so suddenly raised the note of her lamentation, they had all started and turned towards the inner door with faces of dreadful expectation. "And now," continued the butler, addressing the knife-boy, "reach me a candle, and we'll get this through hands at once." And then he begged Mr. Utterson to follow him, and led the way to the back garden.

"Now, sir," said he, "you come as gently as you can. I want you to hear, and I don't want you to be heard. And see here, sir, if by any chance he was to ask you in, don't go."

Mr. Utterson's nerves, at this unlooked-for termination, gave a jerk that nearly threw him from his balance; but he recollected his courage and followed the butler into the laboratory building through the surgical theatre, with its lumber of crates and bottles, to the foot of the stair. Here Poole motioned him to stand on one side and listen; while he himself, setting down the candle and making a great and obvious call on his resolution, mounted the steps and knocked with a somewhat uncertain hand on the red baize of the cabinet door.

"Mr. Utterson, sir, asking to see you," he called; and even as he did so, once more violently signed to the lawyer to give ear.

A voice answered from within: "Tell him I cannot see anyone," it said complainingly.

hombres y mujeres, permanecían apiñados como un rebaño de ovejas. Al ver a Mr. Utterson, la criada prorrumpió en gemidos histéricos; y la cocinera, gritando «¡Bendito sea Dios! Es Mr. Utterson», corrió hacia delante como si quisiera cogerlo en brazos.

«¿Qué, qué? ¿Están todos aquí?», dijo el abogado malhumorado. «Muy irregular, muy inapropiado; su señor estaría lejos de estar complacido».

«Todos tienen miedo», dijo Poole.

Siguió un silencio sepulcral, nadie protestó; sólo la criada alzó la voz y ahora lloraba a gritos.

«¡Cállese la boca!», le dijo Poole, con una ferocidad de acento que atestiguaba sus propios nervios crispados; y en efecto, cuando la muchacha había elevado tan repentinamente la nota de su lamento, todos se habían sobresaltado y vuelto hacia la puerta interior con rostros de espantosa expectación. «Y ahora», continuó el mayordomo, dirigiéndose al chico de los cuchillos, «alcánzame una vela y terminaremos con esto de una vez». Y entonces le rogó a Mr. Utterson que le siguiera, y encabezó la marcha hacia el jardín trasero.

«Ahora, señor», dijo él, «venga tan suavemente como pueda. Quiero que oiga y no quiero que le oigan. Y mire, señor, si por casualidad le invitara a entrar, no lo haga».

Los nervios de Mr. Utterson, ante esta inesperada noticia, dieron una sacudida que casi le hizo perder el equilibrio; pero se armó de valor y siguió al mayordomo al interior del edificio del laboratorio, a través del quirófano, con su maderamen de cajas y botellas, hasta el pie de la escalera. Allí Poole le indicó que se pusiera a un lado y escuchara; mientras él mismo, dejando la vela y apelando en gran medida y de forma evidente a su resolución, subió los escalones y golpeó con mano algo insegura la bayeta roja de la puerta del gabinete.

«Mr. Utterson, señor, que desea verle», le llamó; y mientras lo hacía, volvió a hacer señas violentas al abogado para que escuchara.

Una voz respondió desde el interior: «Dile que no veo a nadie», dijo quejándose.

"Thank you, sir," said Poole, with a note of something like triumph in his voice; and taking up his candle, he led Mr. Utterson back across the yard and into the great kitchen, where the fire was out and the beetles were leaping on the floor.

"Sir," he said, looking Mr. Utterson in the eyes, "Was that my master's voice?"

"It seems much changed," replied the lawyer, very pale, but giving look for look.

"Changed? Well, yes, I think so," said the butler. "Have I been twenty years in this man's house, to be deceived about his voice? No, sir; master's made away with; he was made away with eight days ago, when we heard him cry out upon the name of God; and who's in there instead of him, and why it stays there, is a thing that cries to Heaven, Mr. Utterson!"

"This is a very strange tale, Poole; this is rather a wild tale my man," said Mr. Utterson, biting his finger. "Suppose it were as you suppose, supposing Dr. Jekyll to have been—well, murdered, what could induce the murderer to stay? That won't hold water; it doesn't commend itself to reason."

"Well, Mr. Utterson, you are a hard man to satisfy, but I'll do it yet," said Poole. "All this last week (you must know) him, or it, whatever it is that lives in that cabinet, has been crying night and day for some sort of medicine and cannot get it to his mind. It was sometimes his way—the master's, that is—to write his orders on a sheet of paper and throw it on the stair. We've had nothing else this week back; nothing but papers, and a closed door, and the very meals left there to be smuggled in when nobody was looking. Well, sir, every day, ay, and twice and thrice in the same day, there have been orders and complaints, and I have been sent flying to all the wholesale chemists in town. Every time I brought the stuff back, there would be another paper telling me to return it, because it was not pure, and another order to a different firm. This drug is wanted bitter bad, sir, whatever for."

"Have you any of these papers?" asked Mr. Utterson.

«Gracias, señor», dijo Poole, con una nota de algo parecido al triunfo en su voz; y cogiendo su vela, condujo a Mr. Utterson de vuelta al otro lado del patio y a la gran cocina, donde el fuego estaba apagado y los escarabajos brincaban por el suelo.

«Señor», dijo mirando a Mr. Utterson a los ojos, «¿era ésa la voz de mi patrón?».

«Parece muy cambiada», respondió el abogado, muy pálido, pero devolviendo la mirada.

«¿Cambiada? Pues sí, creo que sí», dijo el mayordomo. «¿He estado veinte años en casa de este hombre, para que me engañe sobre su voz? No, señor; el patrón está acabado; lo estuvo hace ocho días, cuando le oímos gritar el nombre de Dios; y quién está ahí dentro en lugar de él, y por qué se queda ahí, ¡es una cosa que clama al cielo, Mr. Utterson!».

«Es una historia muy extraña, Poole; es más bien una historia descabellada, amigo mío», dijo Mr. Utterson, mordiéndose el dedo. «Supongamos que fuera como usted supone, supongamos que el Dr. Jekyll hubiera sido... bueno, asesinado, ¿qué podría inducir al asesino a quedarse? Eso no se sostiene; no se aviene a la razón».

«Bueno, Mr. Utterson, es usted un hombre difícil de satisfacer, pero aun así lo haré», dijo Poole. «Toda esta última semana (usted debe saberlo) él, o eso, lo que sea que vive en ese gabinete, ha estado llorando noche y día por algún tipo de medicina que no puede hacérsela llegar a la cabeza. A veces era su costumbre —la del patrón, claro— escribir sus órdenes en una hoja de papel y arrojarla a la escalera. Esta semana no hemos tenido nada más que eso; nada más que papeles, y una puerta cerrada, y las propias comidas dejadas allí para ser introducidas de contrabando cuando nadie miraba. Pues bien, señor, todos los días, ay, y dos y tres veces en el mismo día, ha habido pedidos y quejas, y he sido enviado de inmediato a todas las farmacias mayoristas de la ciudad. Cada vez que traía el material de vuelta, había otro papel diciéndome que lo devolviera, porque no era puro, y otro pedido a una firma diferente. Esta droga se busca con amargor, señor, sea para lo que sea».

«¿Tiene alguno de estos papeles?», preguntó Mr. Utterson.

Poole felt in his pocket and handed out a crumpled note, which the lawyer, bending nearer to the candle, carefully examined. Its contents ran thus: "Dr. Jekyll presents his compliments to Messrs. Maw. He assures them that their last sample is impure and quite useless for his present purpose. In the year 18—, Dr. J. purchased a somewhat large quantity from Messrs. M. He now begs them to search with most sedulous care, and should any of the same quality be left, forward it to him at once. Expense is no consideration. The importance of this to Dr. J. can hardly be exaggerated." So far the letter had run composedly enough, but here with a sudden splutter of the pen, the writer's emotion had broken loose. "For God's sake," he added, "find me some of the old."

"This is a strange note," said Mr. Utterson; and then sharply, "How do you come to have it open?"

"The man at Maw's was main angry, sir, and he threw it back to me like so much dirt," returned Poole.

"This is unquestionably the doctor's hand, do you know?" resumed the lawyer.

"I thought it looked like it," said the servant rather sulkily; and then, with another voice, "But what matters hand of write?" he said. "I've seen him!"

"Seen him?" repeated Mr. Utterson. "Well?"

"That's it!" said Poole. "It was this way. I came suddenly into the theatre from the garden. It seems he had slipped out to look for this drug or whatever it is; for the cabinet door was open, and there he was at the far end of the room digging among the crates. He looked up when I came in, gave a kind of cry, and whipped upstairs into the cabinet. It was but for one minute that I saw him, but the hair stood upon my head like quills. Sir, if that was my master, why had he a mask upon his face? If it was my master, why did he cry out like a rat, and run from me? I have served him long enough. And then..." The man paused and passed his hand over his face.

"These are all very strange circumstances," said Mr. Utterson, "but

Poole rebuscó en su bolsillo y le entregó una nota arrugada, que el abogado, inclinándose más cerca de la vela, examinó cuidadosamente. Su contenido decía así: «El Dr. Jekyll saluda atentamente a Messrs. Maw. Les asegura que su última muestra es impura y bastante inútil para su propósito actual. En el año 18..., el Dr. J. compró una cantidad algo grande a Messrs. M. Ahora les ruega que busquen con el mayor cuidado y, si quedara alguna de la misma calidad, se la envíen inmediatamente. El gasto no es ninguna consideración. La importancia de esto para el Dr. J. difícilmente puede exagerarse». Hasta aquí la carta había discurrido con suficiente compostura, pero aquí, con un repentino chasquido de la pluma, la emoción del redactor se había desatado. «Por el amor de Dios», añadió, «encuéntreme un poco de lo anterior».

«Es una nota extraña», dijo Mr. Utterson; y luego bruscamente: «¿Cómo es que la tiene abierta?».

«El señor de Maw estaba muy enfadado y me lo devolvió como si fuera basura», respondió Poole.

«Esta es sin duda la grafía del doctor, ¿lo sabe?», reanudó el abogado.

«Pensé que se parecía», dijo el criado algo enfurruñado; y luego, con otra voz, «¿pero qué importa la grafía?», dijo. «¡Yo le he visto!».

«¿Le ha visto?», repitió Mr. Utterson. «¿Y bien?».

«¡Eso es!», dijo Poole. «Fue así. Entré de repente en el teatro desde el jardín. Parece que se había escabullido para buscar esta droga o lo que sea; porque la puerta del gabinete estaba abierta, y allí estaba en el extremo de la sala escarbando entre las cajas. Levantó la vista cuando entré, dio una especie de grito y se metió en el gabinete. No le vi más que un minuto, pero se me pusieron los pelos como púas. Señor, si era mi patrón, ¿por qué llevaba una máscara en la cara? Si era mi patrón, ¿por qué gritaba como una rata y huía de mí? Ya le he servido durante mucho tiempo. Y entonces...». El hombre hizo una pausa y se pasó la mano por la cara.

«Son todas circunstancias muy extrañas», dijo Mr. Utterson, «pero

I think I begin to see daylight. Your master, Poole, is plainly seized with one of those maladies that both torture and deform the sufferer; hence, for aught I know, the alteration of his voice; hence the mask and the avoidance of his friends; hence his eagerness to find this drug, by means of which the poor soul retains some hope of ultimate recovery—God grant that he be not deceived! There is my explanation; it is sad enough, Poole, ay, and appalling to consider; but it is plain and natural, hangs well together, and delivers us from all exorbitant alarms."

"Sir," said the butler, turning to a sort of mottled pallor, "that thing was not my master, and there's the truth. My master"—here he looked round him and began to whisper—"is a tall, fine build of a man, and this was more of a dwarf." Utterson attempted to protest. "O, sir," cried Poole, "do you think I do not know my master after twenty years? Do you think I do not know where his head comes to in the cabinet door, where I saw him every morning of my life? No, sir, that thing in the mask was never Dr. Jekyll—God knows what it was, but it was never Dr. Jekyll; and it is the belief of my heart that there was murder done."

"Poole," replied the lawyer, "if you say that, it will become my duty to make certain. Much as I desire to spare your master's feelings, much as I am puzzled by this note which seems to prove him to be still alive, I shall consider it my duty to break in that door."

"Ah, Mr. Utterson, that's talking!" cried the butler.

"And now comes the second question," resumed Utterson: "Who is going to do it?"

"Why, you and me, sir," was the undaunted reply.

"That's very well said," returned the lawyer; "and whatever comes of it, I shall make it my business to see you are no loser."

"There is an axe in the theatre," continued Poole; "and you might take the kitchen poker for yourself."

The lawyer took that rude but weighty instrument into his hand, and balanced it. "Do you know, Poole," he said, looking up, "that you

creo que empiezo a ver la luz. Su patrón, Poole, está claramente aquejado de una de esas enfermedades que torturan y deforman a quien las padece; de ahí, por lo que sé, la alteración de su voz; de ahí la máscara y el rechazo de sus amigos; de ahí su impaciencia por encontrar esa droga, mediante la cual la pobre alma conserva alguna esperanza de recuperación final... ¡Dios quiera que no se deje engañar! Ahí está mi explicación; es bastante triste, Poole, ay, y espantosa de considerar; pero es llana y natural, encaja bien y nos libra de todo temor exorbitante».

«Señor», dijo el mayordomo, tornando a una especie de palidez moteada, «esa cosa no era mi patrón, y ahí está la verdad. Mi patrón», aquí miró a su alrededor y empezó a susurrar, «es un hombre alto y de complexión fina, y éste era más bien un enano». Utterson intentó protestar. «Oh, señor», exclamó Poole, «¿cree que no conozco a mi patrón después de veinte años? ¿Cree que no sé dónde está su cabeza en la puerta del gabinete, donde le he visto todas las mañanas de mi vida? No, señor, esa cosa en la máscara nunca fue el Dr. Jekyll; Dios sabe lo que era, pero nunca fue el Dr. Jekyll; y es mi convicción que hubo un asesinato».

«Poole», respondió el abogado, «si usted dice eso, será mi deber cerciorarme. Por mucho que desee no herir los sentimientos de su patrón, por mucho que me desconcierte esta nota que parece probar que sigue vivo, consideraré mi deber forzar esa puerta».

«¡Ah, Mr. Utterson, eso es hablar!», exclamó el mayordomo.

«Y ahora viene la segunda pregunta», reanudó Utterson: «¿Quién va a hacerlo?».

«Pues usted y yo, señor», fue la impávida respuesta.

«Eso está muy bien dicho», respondió el abogado; «y pase lo que pase, me encargaré de que usted no salga perdiendo».

«Hay un hacha en el teatro», continuó Poole; «y podría coger el atizador de cocina para usted».

El abogado tomó en su mano aquel rudo pero pesado instrumento y lo sopesó. «¿Sabe usted, Poole», dijo, levantando la vista, «que usted y

and I are about to place ourselves in a position of some peril?"

"You may say so, sir, indeed," returned the butler.

"It is well, then that we should be frank," said the other. "We both think more than we have said; let us make a clean breast. This masked figure that you saw, did you recognise it?"

"Well, sir, it went so quick, and the creature was so doubled up, that I could hardly swear to that," was the answer. "But if you mean, was it Mr. Hyde?—why, yes, I think it was! You see, it was much of the same bigness; and it had the same quick, light way with it; and then who else could have got in by the laboratory door? You have not forgot, sir, that at the time of the murder he had still the key with him? But that's not all. I don't know, Mr. Utterson, if you ever met this Mr. Hyde?"

"Yes," said the lawyer, "I once spoke with him."

"Then you must know as well as the rest of us that there was something queer about that gentleman—something that gave a man a turn—I don't know rightly how to say it, sir, beyond this: that you felt in your marrow kind of cold and thin."

"I own I felt something of what you describe," said Mr. Utterson.

"Quite so, sir," returned Poole. "Well, when that masked thing like a monkey jumped from among the chemicals and whipped into the cabinet, it went down my spine like ice. O, I know it's not evidence, Mr. Utterson; I'm book-learned enough for that; but a man has his feelings, and I give you my bible-word it was Mr. Hyde!"

"Ay, ay," said the lawyer. "My fears incline to the same point. Evil, I fear, founded—evil was sure to come—of that connection. Ay truly, I believe you; I believe poor Harry is killed; and I believe his murderer (for what purpose, God alone can tell) is still lurking in his victim's room. Well, let our name be vengeance. Call Bradshaw."

The footman came at the summons, very white and nervous.

yo estamos a punto de colocarnos en una posición de cierto peligro?».

«Puede decirse así, señor, sin duda», respondió el mayordomo.

«Está bien, entonces, que seamos francos», dijo el otro. «Ambos pensamos más de lo que hemos dicho; hagamos tabla rasa. Esa figura enmascarada que vio, ¿la ha reconocido usted?».

«Bueno, señor, fue tan rápido, y la criatura estaba tan replegada, que difícilmente podría jurarlo», fue la respuesta. «Pero si se refiere a si era Mr. Hyde... ¡pues sí, creo que lo era! Verá, era muy parecido en tamaño y tenía la misma rapidez y ligereza; y además, ¿quién si no podría haber entrado por la puerta del laboratorio? ¿No habrá olvidado, señor, que en el momento del asesinato aún llevaba la llave consigo? Pero eso no es todo. No sé, Mr. Utterson, si alguna vez conoció a este Mr. Hyde».

«Sí», dijo el abogado, «una vez hablé con él».

«Entonces usted debe saber tan bien como el resto de nosotros que había algo extraño en ese caballero... algo que le producía a un hombre un vuelco... no sé muy bien cómo decirlo, señor, más allá de esto: que usted sentía en su médula una especie de frío y debilidad».

«Creo que sentí algo de lo que usted describe», dijo Mr. Utterson.

«Así es, señor», respondió Poole. «Bueno, cuando esa cosa enmascarada como un mono saltó de entre los productos químicos y golpeó el gabinete, algo me recorrió la espina dorsal como el hielo. Oh, sé que no es una prueba, Mr. Utterson; soy lo suficientemente instruido en libros para eso; pero un hombre tiene sus sentimientos, ¡y le doy mi palabra, por la Biblia, que era Mr. Hyde!».

«Sí, sí», dijo el abogado. «Mis temores se inclinan hacia el mismo punto. El mal, me temo, se fundó —el mal estaba destinado a venir— en esa conexión. Ay, en verdad, le creo; creo que el pobre Harry ha sido asesinado; y creo que su asesino (con qué propósito, sólo Dios puede decirlo) aún está al acecho en la habitación de su víctima. Bien, que nuestro nombre sea venganza. Llame a Bradshaw».

El lacayo acudió a la llamada, muy pálido y nervioso.

"Pull yourself together, Bradshaw," said the lawyer. "This suspense, I know, is telling upon all of you; but it is now our intention to make an end of it. Poole, here, and I are going to force our way into the cabinet. If all is well, my shoulders are broad enough to bear the blame. Meanwhile, lest anything should really be amiss, or any malefactor seek to escape by the back, you and the boy must go round the corner with a pair of good sticks and take your post at the laboratory door. We give you ten minutes to get to your stations."

As Bradshaw left, the lawyer looked at his watch. "And now, Poole, let us get to ours," he said; and taking the poker under his arm, led the way into the yard. The scud had banked over the moon, and it was now quite dark. The wind, which only broke in puffs and draughts into that deep well of building, tossed the light of the candle to and fro about their steps, until they came into the shelter of the theatre, where they sat down silently to wait. London hummed solemnly all around; but nearer at hand, the stillness was only broken by the sounds of a footfall moving to and fro along the cabinet floor.

"So it will walk all day, sir," whispered Poole; "ay, and the better part of the night. Only when a new sample comes from the chemist, there's a bit of a break. Ah, it's an ill conscience that's such an enemy to rest! Ah, sir, there's blood foully shed in every step of it! But hark again, a little closer—put your heart in your ears, Mr. Utterson, and tell me, is that the doctor's foot?"

The steps fell lightly and oddly, with a certain swing, for all they went so slowly; it was different indeed from the heavy creaking tread of Henry Jekyll. Utterson sighed. "Is there never anything else?" he asked.

Poole nodded. "Once," he said. "Once I heard it weeping!"

"Weeping? how that?" said the lawyer, conscious of a sudden chill of horror.

"Weeping like a woman or a lost soul," said the butler. "I came away with that upon my heart, that I could have wept too."

«Contrólese, Bradshaw», dijo el abogado. «Este suspenso, lo sé, los está agobiando a todos; pero ahora es nuestra intención ponerle fin. Poole, aquí presente, y yo vamos a entrar por la fuerza en el gabinete. Si todo va bien, mis hombros son lo suficientemente anchos como para soportar la culpa. Mientras tanto, no sea que algo vaya realmente mal, o que algún malhechor intente escapar por la retaguardia, usted y el muchacho deben doblar la esquina con un par de buenos palos y tomar su puesto en la puerta del laboratorio. Les damos diez minutos para ocupar sus puestos».

Cuando Bradshaw se marchó, el abogado miró su reloj. «Y ahora, Poole, continuemos con lo nuestro», dijo; y cogiendo el atizador bajo el brazo, encabezó la marcha hacia el patio. El temporal se había posado sobre la luna y ahora estaba bastante oscuro. El viento, que sólo irrumpía en bocanadas y corrientes en aquel profundo pozo del edificio, agitó la luz de la vela de un lado a otro sobre sus pasos, hasta que llegaron al refugio del teatro, donde se sentaron en silencio a esperar. Londres zumbaba solemnemente a su alrededor; pero más cerca, la quietud sólo era rota por el sonido de una pisada que se movía de un lado a otro por el suelo del gabinete.

«Así andará todo el día, señor», susurró Poole; «ay, y la mayor parte de la noche. Sólo cuando llega una nueva muestra del farmacéutico, hay un poco de descanso. ¡Ah, es la mala conciencia la que es tan enemiga del descanso! ¡Ah, señor, hay sangre vilmente derramada en cada paso! Pero escuche de nuevo, un poco más cerca; ponga su corazón en sus oídos, Mr. Utterson, y dígame, ¿es ese el pie del doctor?».

Los pasos se oían ligeros y extraños, con cierto balanceo, a pesar de ir tan despacio; era muy distinto del pesado y chirriante pisar de Henry Jekyll. Utterson suspiró. «¿Nunca hay nada más?», preguntó.

Poole asintió. «Una vez», dijo. «¡Una vez le oí llorar!».

«¿Llorar? ¿Cómo es eso?», dijo el abogado, consciente de un repentino escalofrío de horror.

«Llorando como una mujer o un alma perdida», dijo el mayordomo. «Me fui con eso en el corazón, que yo también podría haber llorado».

But now the ten minutes drew to an end. Poole disinterred the axe from under a stack of packing straw; the candle was set upon the nearest table to light them to the attack; and they drew near with bated breath to where that patient foot was still going up and down, up and down, in the quiet of the night.

"Jekyll," cried Utterson, with a loud voice, "I demand to see you." He paused a moment, but there came no reply. "I give you fair warning, our suspicions are aroused, and I must and shall see you," he resumed; "if not by fair means, then by foul—if not of your consent, then by brute force!"

"Utterson," said the voice, "for God's sake, have mercy!"

"Ah, that's not Jekyll's voice—it's Hyde's!" cried Utterson. "Down with the door, Poole!"

Poole swung the axe over his shoulder; the blow shook the building, and the red baize door leaped against the lock and hinges. A dismal screech, as of mere animal terror, rang from the cabinet. Up went the axe again, and again the panels crashed and the frame bounded; four times the blow fell; but the wood was tough and the fittings were of excellent workmanship; and it was not until the fifth, that the lock burst and the wreck of the door fell inwards on the carpet.

The besiegers, appalled by their own riot and the stillness that had succeeded, stood back a little and peered in. There lay the cabinet before their eyes in the quiet lamplight, a good fire glowing and chattering on the hearth, the kettle singing its thin strain, a drawer or two open, papers neatly set forth on the business table, and nearer the fire, the things laid out for tea; the quietest room, you would have said, and, but for the glazed presses full of chemicals, the most commonplace that night in London.

Right in the middle there lay the body of a man sorely contorted and still twitching. They drew near on tiptoe, turned it on its back and beheld the face of Edward Hyde. He was dressed in clothes far too large for him, clothes of the doctor's bigness; the cords of his face still moved with a semblance of life, but life was quite gone; and by

Pero ahora los diez minutos llegaban a su fin. Poole desenterró el hacha de debajo de un montón de paja de embalaje; la vela se colocó sobre la mesa más cercana para alumbrarles al ataque; y se acercaron con la respiración contenida hasta donde aquel pie paciente seguía subiendo y bajando, subiendo y bajando, en la tranquilidad de la noche.

«Jekyll», gritó Utterson, con voz potente, «exijo verle». Hizo una pausa, pero no obtuvo respuesta. «Se lo advierto, nuestras sospechas se han despertado, y debo verle y le veré», reanudó; «¡si no es por medios justos, entonces por medios viles; si no es con su consentimiento, entonces por la fuerza bruta!».

«Utterson», dijo la voz, «¡por el amor de Dios, tenga piedad!».

«¡Ah, ésa no es la voz de Jekyll, es la de Hyde!», gritó Utterson. «¡Abajo con la puerta, Poole!».

Poole blandió el hacha por encima del hombro; el golpe sacudió el edificio y la puerta de bayeta roja saltó contra la cerradura y las bisagras. Un chillido lúgubre, como de mero terror animal, resonó en el gabinete. Volvió a levantar el hacha, y de nuevo los paneles se estrellaron y el marco saltó; cuatro veces cayó el golpe; pero la madera era resistente y los herrajes de excelente factura; y no fue hasta el quinto, que la cerradura estalló y los restos de la puerta cayeron hacia dentro sobre la alfombra.

Los sitiadores, horrorizados por su propio alboroto y la quietud que le había sucedido, retrocedieron un poco y se asomaron. Allí estaba el gabinete ante sus ojos a la tranquila luz de la lámpara, un buen fuego brillando y chisporroteando en la chimenea, la tetera cantando su delgado esfuerzo, un cajón o dos abiertos, papeles colocados ordenadamente sobre el escritorio, y más cerca del fuego, las cosas dispuestas para el té; la más tranquila de las habitaciones, habrían dicho, y, de no ser por las planchas esmaltadas llenas de productos químicos, la más común de aquella noche en Londres.

Justo en el centro yacía el cuerpo de un hombre dolorosamente contorsionado y aún retorciéndose. Se acercaron de puntillas, lo pusieron boca arriba y contemplaron el rostro de Edward Hyde. Estaba vestido con ropas demasiado grandes para él, ropas del tamaño del médico; las fibras de su rostro aún se movían con apariencia de vida, pero la vida

the crushed phial in the hand and the strong smell of kernels that hung upon the air, Utterson knew that he was looking on the body of a self-destroyer.

"We have come too late," he said sternly, "whether to save or punish. Hyde is gone to his account; and it only remains for us to find the body of your master."

The far greater proportion of the building was occupied by the theatre, which filled almost the whole ground storey and was lighted from above, and by the cabinet, which formed an upper storey at one end and looked upon the court. A corridor joined the theatre to the door on the by-street; and with this the cabinet communicated separately by a second flight of stairs. There were besides a few dark closets and a spacious cellar. All these they now thoroughly examined. Each closet needed but a glance, for all were empty, and all, by the dust that fell from their doors, had stood long unopened. The cellar, indeed, was filled with crazy lumber, mostly dating from the times of the surgeon who was Jekyll's predecessor; but even as they opened the door they were advertised of the uselessness of further search, by the fall of a perfect mat of cobweb which had for years sealed up the entrance. Nowhere was there any trace of Henry Jekyll, dead or alive.

Poole stamped on the flags of the corridor. "He must be buried here," he said, hearkening to the sound.

"Or he may have fled," said Utterson, and he turned to examine the door in the by-street. It was locked; and lying near by on the flags, they found the key, already stained with rust.

"This does not look like use," observed the lawyer.

"Use!" echoed Poole. "Do you not see, sir, it is broken? much as if a man had stamped on it."

"Ay," continued Utterson, "and the fractures, too, are rusty." The two men looked at each other with a scare. "This is beyond me, Poole," said the lawyer. "Let us go back to the cabinet."

había desaparecido por completo; y por la ampolla aplastada que tenía en la mano y el fuerte olor a grano que flotaba en el aire, Utterson supo que estaba ante el cadáver de un autodestructor.

«Hemos llegado demasiado tarde», dijo con severidad, «ya sea para salvar o para castigar. Hyde se ha ido por su cuenta; y sólo nos queda encontrar el cuerpo de su patrón».

La mayor parte del edificio estaba ocupada por el teatro, que ocupaba casi toda la planta baja y estaba iluminado desde arriba, y por el gabinete, que formaba un piso superior en un extremo y daba al patio. Un pasillo unía el teatro con la puerta de la calle lateral; y con ésta el gabinete se comunicaba por separado mediante un segundo tramo de escaleras. Había además unos cuantos armarios oscuros y una espaciosa bodega. Todos ellos los examinaron ahora minuciosamente. Cada armario no necesitó más que una ojeada, pues todos estaban vacíos, y todos, por el polvo que caía de sus puertas, habían permanecido largo tiempo sin abrir. El sótano, en efecto, estaba lleno de maderos disparatados, la mayoría de los cuales databan de los tiempos del cirujano predecesor de Jekyll; pero incluso al abrir la puerta se les hizo clara la inutilidad de seguir buscando, por la caída de una perfecta alfombra de telarañas que durante años había sellado la entrada. En ninguna parte había rastro alguno de Henry Jekyll, vivo o muerto.

Poole pisó las banderas del corredor. «Debe estar enterrado aquí», dijo, escuchando el sonido.

«O puede que haya huido», dijo Utterson, y se volvió para examinar la puerta de la callejuela. Estaba cerrada; y tirada cerca, sobre las banderas, encontraron la llave, ya manchada de óxido.

«Esto no parece en uso», observó el abogado.

«¡En uso!», se hizo eco Poole. «¿No ve, señor, que está rota? Como si un hombre la hubiera estampado».

«Sí», continuó Utterson, «y las fracturas también están oxidadas». Los dos hombres se miraron asustados. «Esto me supera, Poole», dijo el abogado. «Volvamos al gabinete».

They mounted the stair in silence, and still with an occasional awestruck glance at the dead body, proceeded more thoroughly to examine the contents of the cabinet. At one table, there were traces of chemical work, various measured heaps of some white salt being laid on glass saucers, as though for an experiment in which the unhappy man had been prevented.

"That is the same drug that I was always bringing him," said Poole; and even as he spoke, the kettle with a startling noise boiled over.

This brought them to the fireside, where the easy-chair was drawn cosily up, and the tea things stood ready to the sitter's elbow, the very sugar in the cup. There were several books on a shelf; one lay beside the tea things open, and Utterson was amazed to find it a copy of a pious work, for which Jekyll had several times expressed a great esteem, annotated, in his own hand with startling blasphemies.

Next, in the course of their review of the chamber, the searchers came to the cheval-glass, into whose depths they looked with an involuntary horror. But it was so turned as to show them nothing but the rosy glow playing on the roof, the fire sparkling in a hundred repetitions along the glazed front of the presses, and their own pale and fearful countenances stooping to look in.

"This glass has seen some strange things, sir," whispered Poole.

"And surely none stranger than itself," echoed the lawyer in the same tones. "For what did Jekyll"—he caught himself up at the word with a start, and then conquering the weakness—"what could Jekyll want with it?" he said.

"You may say that!" said Poole.

Next they turned to the business table. On the desk, among the neat array of papers, a large envelope was uppermost, and bore, in the doctor's hand, the name of Mr. Utterson. The lawyer unsealed it, and several enclosures fell to the floor. The first was a will, drawn in the same eccentric terms as the one which he had returned six

Subieron la escalera en silencio, y aún con una mirada de asombro ocasional al cadáver, procedieron a examinar más a fondo el contenido del gabinete. En una mesa había rastros de trabajo químico, varios montones medidos de cierta sal blanca colocados sobre platillos de cristal, como si se tratara de un experimento en el que el infeliz se había visto frustrado.

«Es la misma droga que siempre le traía», dijo Poole; e incluso mientras hablaba, la tetera hirvió con un ruido sorprendente.

Esto les llevó al lado de la chimenea, donde el sillón reclinable estaba cómodamente colocado y las cosas para el té estaban listas junto al lugar para el codo si hubiera una persona sentada, con el mismo azúcar en la taza. Había varios libros en un estante; uno yacía junto a las cosas de té abierto, y Utterson se asombró al encontrarlo, una copia de una obra piadosa, por la que Jekyll había expresado varias veces una gran estima, anotada, de su puño y letra, con sorprendentes blasfemias.

A continuación, en el curso de su revisión de la cámara, los buscadores llegaron al espejo de pie, en cuyas profundidades miraron con un horror involuntario. Pero estaba girado de tal modo que no les mostraba más que el resplandor sonrosado que jugueteaba en el techo, el fuego que chisporroteaba en cien repeticiones a lo largo del frente acristalado de las planchas, y sus propios semblantes pálidos y temerosos que se inclinaban para mirar dentro.

«Este espejo ha visto cosas extrañas, señor», susurró Poole.

«Y seguramente ninguna más extraña que él mismo», repitió el abogado en el mismo tono. «¿Para qué lo quería Jekyll?», se sobresaltó al pronunciar la palabra y, venciendo la debilidad: «¿para qué lo quería Jekyll?», dijo.

«¡Puede decir eso!», dijo Poole.

A continuación se dirigieron al escritorio. Sobre la mesa, entre el ordenado conjunto de papeles, un gran sobre estaba en lo alto y llevaba, en la grafía del doctor, el nombre de Mr. Utterson. El abogado lo desprecintó, y varios sobres cayeron al suelo. El primero era un testamento, redactado en los mismos términos excéntricos que el que había devuel-

months before, to serve as a testament in case of death and as a deed of gift in case of disappearance; but in place of the name of Edward Hyde, the lawyer, with indescribable amazement read the name of Gabriel John Utterson. He looked at Poole, and then back at the paper, and last of all at the dead malefactor stretched upon the carpet.

"My head goes round," he said. "He has been all these days in possession; he had no cause to like me; he must have raged to see himself displaced; and he has not destroyed this document."

He caught up the next paper; it was a brief note in the doctor's hand and dated at the top. "O Poole!" the lawyer cried, "he was alive and here this day. He cannot have been disposed of in so short a space; he must be still alive, he must have fled! And then, why fled? and how? and in that case, can we venture to declare this suicide? O, we must be careful. I foresee that we may yet involve your master in some dire catastrophe."

"Why don't you read it, sir?" asked Poole.

"Because I fear," replied the lawyer solemnly. "God grant I have no cause for it!" And with that he brought the paper to his eyes and read as follows:

"My dear Utterson,—When this shall fall into your hands, I shall have disappeared, under what circumstances I have not the penetration to foresee, but my instinct and all the circumstances of my nameless situation tell me that the end is sure and must be early. Go then, and first read the narrative which Lanyon warned me he was to place in your hands; and if you care to hear more, turn to the confession of

"Your unworthy and unhappy friend,

"HENRY JEKYLL."

"There was a third enclosure?" asked Utterson.

"Here, sir," said Poole, and gave into his hands a considerable packet sealed in several places.

to seis meses antes, para que sirviera de testimonio en caso de muerte y de escritura de donación en caso de desaparición; pero en lugar del nombre de Edward Hyde, el abogado, con indescriptible asombro, leyó el nombre de Gabriel John Utterson. Miró a Poole, luego al papel y, por último, al malhechor muerto tendido sobre la alfombra.

«Me da vueltas la cabeza», dijo. «Él ha estado todos estos días en posesión de este papel; no tenía motivos para que yo le agradara; debió de enfurecerse al verse desplazado; y no ha destruido este documento».

Cogió el siguiente papel; era una breve nota de puño y letra del médico y fechada en la parte superior. «¡Oh Poole!», gritó el abogado, «estaba vivo y aquí este día. No puede haberse deshecho de él en tan poco tiempo; debe seguir vivo, ¡debe haber huido! Y entonces, ¿por qué huyó? y ¿cómo? y en ese caso, ¿podemos aventurarnos a declarar este hecho como suicidio? Oh, debemos tener cuidado. Preveo que aún podemos involucrar a su patrón en alguna catástrofe funesta».

«¿Por qué no la lee, señor?», preguntó Poole.

«Porque temo», respondió solemnemente el abogado. «¡Dios quiera que no tenga motivos para ello!». Y con eso se llevó el papel a los ojos y leyó lo siguiente:

«Mi querido Utterson, cuando esto caiga en sus manos, habré desaparecido, en qué circunstancias no tengo la perspicacia de preverlo, pero mi instinto y todas las circunstancias de mi anónima situación me dicen que el final es seguro y debe estar cerca. Continúe, pues, y lea primero la narración que Lanyon me advirtió que pondría en sus manos; y si desea oír más, diríjase a la confesión de

«Su indigno e infeliz amigo,

«HENRY JEKYLL».

«¿Había un tercer sobre?», preguntó Utterson.

«Aquí tiene, señor», dijo Poole, y le entregó en las manos un paquete considerable, sellado por varios sitios.

The lawyer put it in his pocket. "I would say nothing of this paper. If your master has fled or is dead, we may at least save his credit. It is now ten; I must go home and read these documents in quiet; but I shall be back before midnight, when we shall send for the police."

They went out, locking the door of the theatre behind them; and Utterson, once more leaving the servants gathered about the fire in the hall, trudged back to his office to read the two narratives in which this mystery was now to be explained.

El abogado se lo guardó en el bolsillo. «Yo no diría nada de este papel. Si su patrón ha huido o está muerto, al menos podremos salvar su reputación. Ahora son las diez; debo ir a casa y leer estos documentos tranquilamente; pero volveré antes de medianoche, cuando mandaremos llamar a la policía».

Salieron, cerrando la puerta del teatro tras de sí; y Utterson, dejando una vez más a los criados reunidos en torno al fuego del vestíbulo, regresó penosamente a su despacho para leer las dos narraciones en las que ahora iba a explicarse este misterio.

On the ninth of January, now four days ago, I received by the evening delivery a registered envelope, addressed in the hand of my colleague and old school companion, Henry Jekyll. I was a good deal surprised by this; for we were by no means in the habit of correspondence; I had seen the man, dined with him, indeed, the night before; and I could imagine nothing in our intercourse that should justify formality of registration. The contents increased my wonder; for this is how the letter ran:

"10th December, 18—.

"Dear Lanyon,—You are one of my oldest friends; and although we may have differed at times on scientific questions, I cannot remember, at least on my side, any break in our affection. There was never a day when, if you had said to me, 'Jekyll, my life, my honour, my reason, depend upon you,' I would not have sacrificed my left hand to help you. Lanyon, my life, my honour, my reason, are all at your mercy; if you fail me to-night, I am lost. You might suppose, after this preface, that I am going to ask you for something dishonourable to grant. Judge for yourself.

"I want you to postpone all other engagements for to-night—ay, even if you were summoned to the bedside of an emperor; to take a cab, unless your carriage should be actually at the door; and with this letter in your hand for consultation, to drive straight to my house. Poole, my butler, has his orders; you will find him waiting your arrival with a locksmith. The door of my cabinet is then to be forced; and you are to go in alone; to open the glazed press (letter E) on the left hand, breaking the lock if it be shut; and to draw out, with all its contents as they stand, the fourth drawer from the top or (which is the same thing) the third from the bottom. In my extreme distress of mind, I have a morbid fear of misdirecting you; but even if I am in error, you may know the right drawer by its contents: some powders, a phial and a paper book. This drawer I beg of you to carry back with you to Cavendish Square exactly as it stands.

"That is the first part of the service: now for the second. You should be back, if you set out at once on the receipt of this, long before mid-

LA NARRACIÓN DEL DR. LANYON

El nueve de enero, hace ahora cuatro días, recibí por el reparto de la tarde un sobre certificado, dirigido de puño y letra por mi colega y antiguo compañero de colegio, Henry Jekyll. Esto me sorprendió bastante; porque no teníamos en absoluto el hábito de mantener correspondencia; yo le había visto, había cenado con él, de hecho, la noche anterior; y no podía imaginar nada en nuestra relación que justificara la formalidad del registro. El contenido aumentó mi asombro; pues así rezaba la carta:

«10 de diciembre de 18....

«Querido Lanyon, usted es uno de mis amigos más viejos; y aunque hayamos diferido a veces en cuestiones científicas, no puedo recordar, al menos por mi parte, ninguna ruptura en nuestro afecto. Nunca hubo un día en que, si me hubiera dicho: "Jekyll, mi vida, mi honor, mi razón, dependen de usted", no hubiera sacrificado mi mano izquierda para ayudarle. Lanyon, mi vida, mi honor, mi razón, están todos a su merced; si me falla esta noche, estoy perdido. Podría suponer, después de este prefacio, que voy a pedirle que me conceda algo deshonroso. Juzgue usted mismo.

«Quiero que posponga todos los demás compromisos para esta noche... aunque le citaran junto a la cama de un emperador; que tome un taxi, a menos que su carruaje esté ya en la puerta; y que, con esta carta en la mano para consultarla, se dirija directamente a mi casa. Poole, mi mayordomo, tiene sus órdenes; le encontrará esperando su llegada con un cerrajero. Se forzará entonces la puerta de mi gabinete; y usted deberá entrar solo; abrir la cristalera esmaltada (letra E) de la izquierda, rompiendo la cerradura si está cerrada; y sacar, con todo su contenido tal como está, el cuarto cajón desde arriba o (lo que es lo mismo) el tercero desde abajo. En mi extrema angustia de ánimo, tengo un temor morboso de equivocarme al dirigirme a usted; pero aunque me equivoque, podrá conocer el cajón correcto por su contenido: unos polvos, una ampolla y un libro de papel. Le ruego que lleve este cajón consigo a Cavendish Square tal como está.

«Esa es la primera parte del servicio: ahora la segunda. Debería usted estar de vuelta, si se pusiera en marcha de inmediato al recibir esto,

night; but I will leave you that amount of margin, not only in the fear of one of those obstacles that can neither be prevented nor foreseen, but because an hour when your servants are in bed is to be preferred for what will then remain to do. At midnight, then, I have to ask you to be alone in your consulting room, to admit with your own hand into the house a man who will present himself in my name, and to place in his hands the drawer that you will have brought with you from my cabinet. Then you will have played your part and earned my gratitude completely. Five minutes afterwards, if you insist upon an explanation, you will have understood that these arrangements are of capital importance; and that by the neglect of one of them, fantastic as they must appear, you might have charged your conscience with my death or the shipwreck of my reason.

"Confident as I am that you will not trifle with this appeal, my heart sinks and my hand trembles at the bare thought of such a possibility. Think of me at this hour, in a strange place, labouring under a blackness of distress that no fancy can exaggerate, and yet well aware that, if you will but punctually serve me, my troubles will roll away like a story that is told. Serve me, my dear Lanyon and save

"Your friend,

"H.J.

"P.S.—I had already sealed this up when a fresh terror struck upon my soul. It is possible that the post-office may fail me, and this letter not come into your hands until to-morrow morning. In that case, dear Lanyon, do my errand when it shall be most convenient for you in the course of the day; and once more expect my messenger at midnight. It may then already be too late; and if that night passes without event, you will know that you have seen the last of Henry Jekyll."

Upon the reading of this letter, I made sure my colleague was insane; but till that was proved beyond the possibility of doubt, I felt bound to do as he requested. The less I understood of this farrago, the less I was in a position to judge of its importance; and an appeal so worded could not be set aside without a grave responsibility. I rose accordingly from table, got into a hansom, and drove straight to Je-

mucho antes de medianoche; pero le dejaré esa cantidad de margen, no sólo por temor a uno de esos obstáculos que no se pueden evitar ni prever, sino porque es preferible una hora en la que sus criados estén en la cama para lo que entonces quedará por hacer. A medianoche, pues, tengo que pedirle que se quede a solas en su consultorio, que admita con su propia mano en la casa a un hombre que se presentará en mi nombre y que ponga en sus manos el cajón que habrá traído consigo de mi gabinete. Entonces habrá cumplido su papel y se habrá ganado por completo mi gratitud. Cinco minutos después, si insiste en una explicación, habrá comprendido que estos arreglos son de una importancia capital; y que por el descuido de uno de ellos, por fantástico que parezca, podría haber cargado su conciencia con mi muerte o con el naufragio de mi razón.

«Confiado como estoy en que usted no jugará con este pedido, mi corazón se hunde y mi mano tiembla ante la sola idea de tal posibilidad. Piense en mí a estas horas, en un lugar extraño, trabajando bajo una negrura de angustia que ninguna fantasía puede exagerar y, sin embargo, bien consciente de que, si no hace más que servirme puntualmente, mis problemas se esfumarán como una historia contada. Sírvame, mi querido Lanyon y sálveme

«Su amigo,

«H.J.

«P.D. Ya había sellado esto cuando un nuevo terror se apoderó de mi alma. Es posible que la oficina de correos me falle y esta carta no llegue a sus manos hasta mañana por la mañana. En ese caso, querido Lanyon, haga mi recado cuando más le convenga en el transcurso del día; y espere de nuevo a mi mensajero a medianoche. Puede que entonces ya sea demasiado tarde; y si esa noche transcurre sin acontecimientos, sabrá que ha visto lo último de Henry Jekyll».

Tras la lectura de esta carta, tuve la certeza de que mi colega estaba loco; pero hasta que eso se demostrara más allá de toda posibilidad de duda, me sentí obligado a hacer lo que me pedía. Cuanto menos entendía de este fárrago, menos en condiciones estaba de juzgar su importancia; y un pedido así redactado no podía dejarse de lado sin una grave responsabilidad. En consecuencia, me levanté de la mesa, subí a un co-

kyll's house. The butler was awaiting my arrival; he had received by the same post as mine a registered letter of instruction, and had sent at once for a locksmith and a carpenter. The tradesmen came while we were yet speaking; and we moved in a body to old Dr. Denman's surgical theatre, from which (as you are doubtless aware) Jekyll's private cabinet is most conveniently entered. The door was very strong, the lock excellent; the carpenter avowed he would have great trouble and have to do much damage, if force were to be used; and the locksmith was near despair. But this last was a handy fellow, and after two hour's work, the door stood open. The press marked E was unlocked; and I took out the drawer, had it filled up with straw and tied in a sheet, and returned with it to Cavendish Square.

Here I proceeded to examine its contents. The powders were neatly enough made up, but not with the nicety of the dispensing chemist; so that it was plain they were of Jekyll's private manufacture; and when I opened one of the wrappers I found what seemed to me a simple crystalline salt of a white colour. The phial, to which I next turned my attention, might have been about half full of a blood-red liquor, which was highly pungent to the sense of smell and seemed to me to contain phosphorus and some volatile ether. At the other ingredients I could make no guess. The book was an ordinary version book and contained little but a series of dates. These covered a period of many years, but I observed that the entries ceased nearly a year ago and quite abruptly. Here and there a brief remark was appended to a date, usually no more than a single word: "double" occurring perhaps six times in a total of several hundred entries; and once very early in the list and followed by several marks of exclamation, "total failure!!!" All this, though it whetted my curiosity, told me little that was definite. Here were a phial of some salt, and the record of a series of experiments that had led (like too many of Jekyll's investigations) to no end of practical usefulness. How could the presence of these articles in my house affect either the honour, the sanity, or the life of my flighty colleague? If his messenger could go to one place, why could he not go to another? And even granting some impediment, why was this gentleman to be received by me in secret? The more I reflected the more convinced I grew that I was dealing with a case of cerebral disease; and though I dismissed my servants to bed, I loaded an old

che de caballos y me dirigí directamente a casa de Jekyll. El mayordomo estaba esperando mi llegada; había recibido por el mismo correo que yo una carta certificada con instrucciones, y había mandado llamar inmediatamente a un cerrajero y a un carpintero. Los comerciantes llegaron mientras aún hablábamos; y nos trasladamos en conjunto al quirófano del viejo Dr. Denman, desde el que (como sin duda sabrá) se entra más cómodamente al gabinete privado de Jekyll. La puerta era muy fuerte, la cerradura excelente; el carpintero confesó que tendría grandes problemas y tendría que hacer mucho daño, si se empleaba la fuerza; y el cerrajero estaba al borde de la desesperación. Pero este último era un tipo habilidoso, y tras dos horas de trabajo, la puerta quedó abierta. La cristalera marcada con una E estaba desbloqueada; y yo saqué el cajón, hice que lo llenaran de paja y lo ataran con una sábana, y regresé con él a Cavendish Square.

Aquí procedí a examinar su contenido. Los polvos estaban preparados con bastante pulcritud, pero no con la delicadeza del dispensador químico, por lo que era evidente que eran de fabricación privada de Jekyll; y cuando abrí uno de los envoltorios encontré lo que me pareció una simple sal cristalina de color blanco. La ampolla, a la que dirigí a continuación mi atención, debía de estar llena hasta la mitad de un licor rojo sangre, muy acre al olfato y que me pareció que contenía fósforo y algo de éter volátil. Sobre los demás ingredientes no pude hacer conjeturas. El libro era un libro de versiones ordinario y contenía poco más que una serie de fechas. Éstas abarcaban un período de muchos años, pero observé que las entradas cesaron hace casi un año y de forma bastante abrupta. Aquí y allá se añadía una breve observación a una fecha, normalmente no más que una sola palabra: «doble» que aparecía quizá seis veces en un total de varios cientos de entradas; y una vez muy al principio de la lista y acompañada de varios signos de exclamación, «¡¡¡fracaso total!!!». Todo esto, aunque despertó mi curiosidad, me dijo poco que fuera definitivo. Aquí había una ampolla de alguna sal, y el registro de una serie de experimentos que habían conducido (como demasiadas de las investigaciones de Jekyll) a un sinfín de utilidades prácticas. ¿Cómo podía afectar la presencia de estos artículos en mi casa al honor, la cordura o la vida de mi huidizo colega? Si su mensajero podía ir a un lugar, ¿por qué no podía ir a otro? E incluso concediendo algún impedimento, ¿por qué este caballero iba a ser recibido por mí en secreto? Cuanto más reflexionaba, más me convencía de que me hallaba ante un caso de enfermedad cerebral; y aunque despedí a mis criados

revolver, that I might be found in some posture of self-defence.

Twelve o'clock had scarce rung out over London, ere the knocker sounded very gently on the door. I went myself at the summons, and found a small man crouching against the pillars of the portico.

"Are you come from Dr. Jekyll?" I asked.

He told me "yes" by a constrained gesture; and when I had bidden him enter, he did not obey me without a searching backward glance into the darkness of the square. There was a policeman not far off, advancing with his bull's eye open; and at the sight, I thought my visitor started and made greater haste.

These particulars struck me, I confess, disagreeably; and as I followed him into the bright light of the consulting room, I kept my hand ready on my weapon. Here, at last, I had a chance of clearly seeing him. I had never set eyes on him before, so much was certain. He was small, as I have said; I was struck besides with the shocking expression of his face, with his remarkable combination of great muscular activity and great apparent debility of constitution, and—last but not least—with the odd, subjective disturbance caused by his neighbourhood. This bore some resemblance to incipient rigour, and was accompanied by a marked sinking of the pulse. At the time, I set it down to some idiosyncratic, personal distaste, and merely wondered at the acuteness of the symptoms; but I have since had reason to believe the cause to lie much deeper in the nature of man, and to turn on some nobler hinge than the principle of hatred.

This person (who had thus, from the first moment of his entrance, struck in me what I can only describe as a disgustful curiosity) was dressed in a fashion that would have made an ordinary person laughable; his clothes, that is to say, although they were of rich and sober fabric, were enormously too large for him in every measurement— the trousers hanging on his legs and rolled up to keep them from the ground, the waist of the coat below his haunches, and the collar sprawling wide upon his shoulders. Strange to relate, this ludicrous accoutrement was far from moving me to laughter. Rather, as there

para que se acostaran, cargué un viejo revólver, por si me encontraba en alguna situación de legítima defensa.

Apenas habían dado las doce en Londres cuando la aldaba sonó muy suavemente en la puerta. Acudí yo mismo a la llamada, y encontré a un hombre pequeño agazapado contra los pilares del pórtico.

«¿Viene usted del Dr. Jekyll?», le pregunté.

Me dijo «sí» con un gesto forzado; y cuando le hube ordenado entrar, no me obedeció sin echar una mirada escrutadora hacia atrás, hacia la oscuridad de la plaza. Había un policía no muy lejos, avanzando con su lámpara; y al verlo, pensé que mi visitante se había sobresaltado y se había dado más prisa.

Estos detalles me impresionaron, lo confieso, desagradablemente; y mientras le seguía hacia la brillante luz de la sala de consulta, mantuve la mano preparada sobre mi arma. Aquí, por fin, tenía la oportunidad de verle claramente. Nunca antes había puesto los ojos en él, eso era seguro. Era pequeño, como ya he dicho; me impresionó además la expresión chocante de su rostro, su notable combinación de gran actividad muscular y gran debilidad aparente de constitución, y —por último, pero no menos importante— la extraña perturbación subjetiva que causaba su vecindad. Esto tenía cierto parecido con el rigor incipiente, y estaba acompañado de un marcado descenso del pulso. En aquel momento, lo achaqué a cierta aversión idiosincrásica y personal, y me limité a asombrarme de la agudeza de los síntomas; pero desde entonces he tenido razones para creer que la causa yace mucho más profundamente en la naturaleza del hombre, y que gira sobre algún gozne más noble que el principio del odio.

Esta persona (que así, desde el primer momento de su entrada, había despertado en mí lo que sólo puedo describir como una repugnante curiosidad) iba vestida de una manera que habría hecho reír a una persona corriente; sus ropas, es decir, aunque eran de tela rica y sobria, le quedaban enormemente grandes en todas las medidas: los pantalones colgando de sus piernas y enrollados para mantenerlos alejados del suelo, la cintura del abrigo por debajo de sus ancas y el cuello desparramado sobre sus hombros. Por extraño que parezca, este ridículo atavío estaba lejos de moverme a risa. Más bien, como había algo anormal y

was something abnormal and misbegotten in the very essence of the creature that now faced me—something seizing, surprising and revolting—this fresh disparity seemed but to fit in with and to reinforce it; so that to my interest in the man's nature and character, there was added a curiosity as to his origin, his life, his fortune and status in the world.

These observations, though they have taken so great a space to be set down in, were yet the work of a few seconds. My visitor was, indeed, on fire with sombre excitement.

"Have you got it?" he cried. "Have you got it?" And so lively was his impatience that he even laid his hand upon my arm and sought to shake me.

I put him back, conscious at his touch of a certain icy pang along my blood. "Come, sir," said I. "You forget that I have not yet the pleasure of your acquaintance. Be seated, if you please." And I showed him an example, and sat down myself in my customary seat and with as fair an imitation of my ordinary manner to a patient, as the lateness of the hour, the nature of my preoccupations, and the horror I had of my visitor, would suffer me to muster.

"I beg your pardon, Dr. Lanyon," he replied civilly enough. "What you say is very well founded; and my impatience has shown its heels to my politeness. I come here at the instance of your colleague, Dr. Henry Jekyll, on a piece of business of some moment; and I understood..." He paused and put his hand to his throat, and I could see, in spite of his collected manner, that he was wrestling against the approaches of the hysteria—"I understood, a drawer..."

But here I took pity on my visitor's suspense, and some perhaps on my own growing curiosity.

"There it is, sir," said I, pointing to the drawer, where it lay on the floor behind a table and still covered with the sheet.

He sprang to it, and then paused, and laid his hand upon his heart; I could hear his teeth grate with the convulsive action of his jaws; and his face was so ghastly to see that I grew alarmed both for his life and

extravagante en la esencia misma de la criatura que ahora tenía ante mí —algo arrebatador, sorprendente y repugnante—, esta nueva disparidad no parecía sino encajar con ello y reforzarlo; de modo que a mi interés por la naturaleza y el carácter de aquel hombre, se añadió la curiosidad por su origen, su vida, su fortuna y su estatus en el mundo.

Estas observaciones, aunque han ocupado un espacio tan grande para ser expuestas, fueron sin embargo obra de unos pocos segundos. En efecto, mi visitante ardía de sombría excitación.

«¿Lo tiene?», exclamó. «¿Lo tiene?». Y tan viva era su impaciencia que incluso puso su mano sobre mi brazo y trató de sacudirme.

Lo aparté, consciente ante su contacto de cierta punzada helada que recorría mi sangre. «Venga, señor», le dije. «Olvida que aún no tengo el placer de conocerle. Siéntese, por favor». Y le mostré un sitio, y me senté yo mismo en mi asiento habitual y con una imitación tan justa de mi trato ordinario a un paciente, como la tardanza de la hora, la naturaleza de mis preocupaciones, y el horror que tenía de mi visitante, me permitieran articular.

«Le ruego me disculpe, Dr. Lanyon», respondió él muy civilizadamente. «Lo que usted dice está muy bien fundado; y mi impaciencia ha querido sobrepasar mi cortesía. He venido aquí a instancias de su colega, el Dr. Henry Jekyll, por un asunto de cierta importancia; y entiendo...». Hizo una pausa y se llevó la mano a la garganta, y pude ver, a pesar de sus maneras serenas, que luchaba contra los accesos de la histeria. «Entiendo que un cajón...».

Pero aquí me apiadé del desconcierto de mi visitante, y algo quizás de mi propia curiosidad creciente.

«Ahí está, señor», dije, señalando el cajón, donde yacía en el suelo detrás de una mesa y aún cubierto con la sábana.

Se abalanzó hacia ella y luego se detuvo y se puso la mano en el corazón; pude oír el rechinar de sus dientes con la acción convulsiva de sus mandíbulas; y su rostro era tan espantoso de ver que llegué a alarmar-

reason.

"Compose yourself," said I.

He turned a dreadful smile to me, and as if with the decision of despair, plucked away the sheet. At sight of the contents, he uttered one loud sob of such immense relief that I sat petrified. And the next moment, in a voice that was already fairly well under control, "Have you a graduated glass?" he asked.

I rose from my place with something of an effort and gave him what he asked.

He thanked me with a smiling nod, measured out a few minims of the red tincture and added one of the powders. The mixture, which was at first of a reddish hue, began, in proportion as the crystals melted, to brighten in colour, to effervesce audibly, and to throw off small fumes of vapour. Suddenly and at the same moment, the ebullition ceased and the compound changed to a dark purple, which faded again more slowly to a watery green. My visitor, who had watched these metamorphoses with a keen eye, smiled, set down the glass upon the table, and then turned and looked upon me with an air of scrutiny.

"And now," said he, "to settle what remains. Will you be wise? will you be guided? will you suffer me to take this glass in my hand and to go forth from your house without further parley? or has the greed of curiosity too much command of you? Think before you answer, for it shall be done as you decide. As you decide, you shall be left as you were before, and neither richer nor wiser, unless the sense of service rendered to a man in mortal distress may be counted as a kind of riches of the soul. Or, if you shall so prefer to choose, a new province of knowledge and new avenues to fame and power shall be laid open to you, here, in this room, upon the instant; and your sight shall be blasted by a prodigy to stagger the unbelief of Satan."

"Sir," said I, affecting a coolness that I was far from truly possessing, "you speak enigmas, and you will perhaps not wonder that I hear you with no very strong impression of belief. But I have gone too far in the way of inexplicable services to pause before I see the end."

me tanto por su vida como por su razón.

«Tranquilícese», le dije.

Me dirigió una espantosa sonrisa y, con una decisión desesperada, arrancó la sábana. Al ver el contenido, soltó un fuerte sollozo de tan inmenso alivio que me quedé petrificado. Y al momento siguiente, con voz ya bastante controlada, preguntó: «¿Tiene un vaso graduado?».

Me levanté de mi sitio con algo de esfuerzo y le di lo que me pedía.

Me dio las gracias con un gesto sonriente, midió unas pizcas de tintura roja y añadió uno de los polvos. La mezcla, que al principio tenía un tono rojizo, comenzó, a medida que se fundían los cristales, a adquirir un color más brillante, a efervescer audiblemente y a despedir pequeños vapores. De repente y en el mismo momento, la ebullición cesó y el compuesto cambió a un púrpura oscuro, que se desvaneció de nuevo más lentamente hasta convertirse en un verde acuoso. Mi visitante, que había observado estas metamorfosis con ojo avizor, sonrió, dejó el vaso sobre la mesa y luego se volvió y me miró con aire escrutador.

«Y ahora», dijo él, «para resolver lo que queda. ¿Será usted prudente? ¿se dejará guiar? ¿permitirá que tome este vaso en mi mano y salga de su casa sin más trámite? ¿o la codicia de la curiosidad se ha apoderado demasiado de usted? Piense antes de responder, pues se hará como usted decida. Como usted decida, quedará como estaba antes, y ni más rico ni más sabio, a menos que el sentido del servicio prestado a un hombre en peligro de muerte pueda contarse como una especie de riqueza del alma. O, si así lo prefiere elegir, una nueva provincia del conocimiento y nuevas avenidas hacia la fama y el poder se abrirán ante usted, aquí, en esta sala, en el instante; y su vista será fulminada por un prodigio que haría tambalear la incredulidad sobre Satanás».

«Señor», dije yo, afectando una frialdad que estaba lejos de poseer realmente, «usted habla enigmas, y quizás no se extrañará de que le escuche sin una impresión muy fuerte de creencia. Pero he ido demasiado lejos en el camino de los servicios inexplicables como para dete-

"It is well," replied my visitor. "Lanyon, you remember your vows: what follows is under the seal of our profession. And now, you who have so long been bound to the most narrow and material views, you who have denied the virtue of transcendental medicine, you who have derided your superiors—behold!"

He put the glass to his lips and drank at one gulp. A cry followed; he reeled, staggered, clutched at the table and held on, staring with injected eyes, gasping with open mouth; and as I looked there came, I thought, a change—he seemed to swell—his face became suddenly black and the features seemed to melt and alter—and the next moment, I had sprung to my feet and leaped back against the wall, my arms raised to shield me from that prodigy, my mind submerged in terror.

"O God!" I screamed, and "O God!" again and again; for there before my eyes—pale and shaken, and half fainting, and groping before him with his hands, like a man restored from death—there stood Henry Jekyll!

What he told me in the next hour, I cannot bring my mind to set on paper. I saw what I saw, I heard what I heard, and my soul sickened at it; and yet now when that sight has faded from my eyes, I ask myself if I believe it, and I cannot answer. My life is shaken to its roots; sleep has left me; the deadliest terror sits by me at all hours of the day and night; and I feel that my days are numbered, and that I must die; and yet I shall die incredulous. As for the moral turpitude that man unveiled to me, even with tears of penitence, I cannot, even in memory, dwell on it without a start of horror. I will say but one thing, Utterson, and that (if you can bring your mind to credit it) will be more than enough. The creature who crept into my house that night was, on Jekyll's own confession, known by the name of Hyde and hunted for in every corner of the land as the murderer of Carew.

HASTIE LANYON.

nerme antes de ver el final».

«Está bien», respondió mi visitante. «Lanyon, recuerde sus votos: lo que sigue está bajo el sello de nuestra profesión. Y ahora, usted que ha estado tanto tiempo atado a los puntos de vista más estrechos y materiales, usted que ha negado la virtud de la medicina trascendental, usted que se ha burlado de sus superiores... ¡mire!».

Se llevó el vaso a los labios y bebió de un trago. Siguió un grito; se tambaleó, se sacudió, se agarró a la mesa y se sujetó, mirando fijamente con ojos inyectados, jadeando con la boca abierta; y mientras yo miraba se produjo, me pareció, un cambio: pareció hincharse; su rostro se ennegreció de repente y los rasgos parecieron fundirse y alterarse; y al momento siguiente, yo me había puesto en pie de un salto y había saltado contra la pared, con los brazos levantados para protegerme de aquel prodigio, con la mente sumida en el terror.

«¡Oh Dios!», grité, y «¡Oh Dios!» una y otra vez; porque allí ante mis ojos... pálido y tembloroso, y medio desmayado, y tanteando ante él con las manos, como un hombre restablecido de la muerte... ¡estaba Henry Jekyll!

Lo que me dijo en la hora siguiente, no puedo ponerlo por escrito. Vi lo que vi, oí lo que oí, y mi alma se enfermó ante ello; y sin embargo, ahora, cuando esa visión se ha desvanecido de mis ojos, me pregunto si lo creo, y no puedo responder. Mi vida está sacudida hasta sus raíces; el sueño me ha abandonado; el terror más mortal se sienta a mi lado a todas horas del día y de la noche; y siento que mis días están contados y que debo morir; y sin embargo moriré incrédulo. En cuanto a la bajeza moral que el hombre me descubrió, incluso con lágrimas de penitencia, no puedo, ni siquiera en el recuerdo, detenerme en ella sin un sobresalto de horror. Sólo diré una cosa, Utterson, y eso (si puede hacer que su mente dé crédito a ello) será más que suficiente. El ser que se coló en mi casa aquella noche era, según confesión del propio Jekyll, conocido con el nombre de Hyde y buscado en todos los rincones del país como el asesino de Carew.

HASTIE LANYON.

HENRY JEKYLL'S FULL STATEMENT OF THE CASE

I was born in the year 18— to a large fortune, endowed besides with excellent parts, inclined by nature to industry, fond of the respect of the wise and good among my fellowmen, and thus, as might have been supposed, with every guarantee of an honourable and distinguished future. And indeed the worst of my faults was a certain impatient gaiety of disposition, such as has made the happiness of many, but such as I found it hard to reconcile with my imperious desire to carry my head high, and wear a more than commonly grave countenance before the public. Hence it came about that I concealed my pleasures; and that when I reached years of reflection, and began to look round me and take stock of my progress and position in the world, I stood already committed to a profound duplicity of life. Many a man would have even blazoned such irregularities as I was guilty of; but from the high views that I had set before me, I regarded and hid them with an almost morbid sense of shame. It was thus rather the exacting nature of my aspirations than any particular degradation in my faults, that made me what I was, and, with even a deeper trench than in the majority of men, severed in me those provinces of good and ill which divide and compound man's dual nature. In this case, I was driven to reflect deeply and inveterately on that hard law of life, which lies at the root of religion and is one of the most plentiful springs of distress. Though so profound a double-dealer, I was in no sense a hypocrite; both sides of me were in dead earnest; I was no more myself when I laid aside restraint and plunged in shame, than when I laboured, in the eye of day, at the furtherance of knowledge or the relief of sorrow and suffering. And it chanced that the direction of my scientific studies, which led wholly towards the mystic and the transcendental, reacted and shed a strong light on this consciousness of the perennial war among my members. With every day, and from both sides of my intelligence, the moral and the intellectual, I thus drew steadily nearer to that truth, by whose partial discovery I have been doomed to such a dreadful shipwreck: that man is not truly one, but truly two. I say two, because the state of my own knowledge does not pass beyond that point. Others will follow, others will outstrip me on the same lines; and I hazard the guess that man will be ultimately known for a mere polity of multifarious, incongruous and independent denizens. I, for my part, from the nature of my life, advanced infallibly in one direction and in one direction only. It was

EXPOSICIÓN COMPLETA DEL CASO POR HENRY JEKYLL

Nací en el año 18... con una gran fortuna, dotado además de excelentes facultades, inclinado por naturaleza a la industria, aficionado al respeto de los sabios y buenos entre mis semejantes y, por tanto, como era de suponer, con todas las garantías de un futuro honorable y distinguido. Y de hecho, el peor de mis defectos era cierta impaciente alegría de carácter, como la que ha hecho la felicidad de muchos, pero que me costaba conciliar con mi imperioso deseo de llevar la cabeza alta y lucir un semblante más que comúnmente grave ante el público. De ahí que ocultara mis placeres; y que cuando llegué a los años de reflexión, y empecé a mirar a mi alrededor y a hacer balance de mi progreso y posición en el mundo, ya estaba comprometido con una profunda duplicidad de vida. Muchos habrían incluso alardeado de irregularidades de las que yo era culpable; pero desde las altas esferas que tenía ante mí, las contemplaba y ocultaba con un sentimiento de vergüenza casi mórbida. Fue, pues, más bien la exigente naturaleza de mis aspiraciones que cualquier degradación particular en mis defectos, lo que me convirtió en lo que era y, con una zanja aún más profunda que en la mayoría de los hombres, cercenó en mí esas provincias del bien y del mal que dividen y componen la doble naturaleza del hombre. En este caso, me vi impulsado a reflexionar profunda e inveteradamente sobre esa dura ley de la vida, que está en la raíz de la religión y es uno de los manantiales más abundantes de la angustia. A pesar de ser una doble moral tan profunda, no era en ningún sentido un hipócrita; ambas partes de mí eran muy serias; no era más yo mismo cuando dejaba a un lado la contención y me sumía en la vergüenza, que cuando me esforzaba, a la vista del día, en el avance del conocimiento o en el alivio de la pena y el sufrimiento. Y dio la casualidad de que la dirección de mis estudios científicos, que se dirigían totalmente hacia lo místico y lo trascendental, reaccionó y arrojó una fuerte luz sobre esta conciencia de la guerra perenne entre mis miembros. Con cada día, y desde ambos lados de mi inteligencia, el moral y el intelectual, me acercaba así firmemente a esa verdad, por cuyo descubrimiento parcial he sido condenado a un naufragio tan espantoso: que el hombre no es verdaderamente uno, sino verdaderamente dos. Digo dos, porque el estado de mis propios conocimientos no pasa de ese punto. Otros me seguirán, otros me aventajarán en las mismas líneas; y me arriesgo a suponer que el hombre será finalmente conocido por una mera multitud de habitantes multifacéticos, incongruentes e independientes. Yo, por mi parte, por la naturaleza de mi vida, avancé

on the moral side, and in my own person, that I learned to recognise the thorough and primitive duality of man; I saw that, of the two natures that contended in the field of my consciousness, even if I could rightly be said to be either, it was only because I was radically both; and from an early date, even before the course of my scientific discoveries had begun to suggest the most naked possibility of such a miracle, I had learned to dwell with pleasure, as a beloved daydream, on the thought of the separation of these elements. If each, I told myself, could be housed in separate identities, life would be relieved of all that was unbearable; the unjust might go his way, delivered from the aspirations and remorse of his more upright twin; and the just could walk steadfastly and securely on his upward path, doing the good things in which he found his pleasure, and no longer exposed to disgrace and penitence by the hands of this extraneous evil. It was the curse of mankind that these incongruous faggots were thus bound together—that in the agonised womb of consciousness, these polar twins should be continuously struggling. How, then were they dissociated?

I was so far in my reflections when, as I have said, a side light began to shine upon the subject from the laboratory table. I began to perceive more deeply than it has ever yet been stated, the trembling immateriality, the mistlike transience, of this seemingly so solid body in which we walk attired. Certain agents I found to have the power to shake and pluck back that fleshly vestment, even as a wind might toss the curtains of a pavilion. For two good reasons, I will not enter deeply into this scientific branch of my confession. First, because I have been made to learn that the doom and burthen of our life is bound for ever on man's shoulders, and when the attempt is made to cast it off, it but returns upon us with more unfamiliar and more awful pressure. Second, because, as my narrative will make, alas! too evident, my discoveries were incomplete. Enough then, that I not only recognised my natural body from the mere aura and effulgence of certain of the powers that made up my spirit, but managed to compound a drug by which these powers should be dethroned from their supremacy, and a second form and countenance substituted, none the less natural to me because they were the expression, and bore the stamp of lower elements in my soul.

infaliblemente en una dirección y en una sola dirección. Fue en el lado moral, y en mi propia persona, donde aprendí a reconocer la dualidad minuciosa y primitiva del hombre; vi que, de las dos naturalezas que contendían en el campo de mi conciencia, incluso si podía decirse con razón que yo era cualquiera de las dos, era sólo porque yo era radicalmente ambas; y desde una fecha temprana, incluso antes de que el curso de mis descubrimientos científicos hubiera empezado a sugerir la más desnuda posibilidad de tal milagro, había aprendido a morar con placer, como un amado ensueño, en el pensamiento de la separación de estos elementos. Si cada uno, me dije, pudiera alojarse en identidades separadas, la vida se vería aliviada de todo lo que era insoportable; el injusto podría seguir su camino, liberado de las aspiraciones y remordimientos de su gemelo más recto; y el justo podría caminar firme y seguro por su camino ascendente, haciendo las cosas buenas en las que encontraba su placer, y ya no estaría expuesto a la desgracia y la penitencia a manos de este mal ajeno. Fue la maldición de la humanidad que estas incongruentes escorias estuvieran así unidas, que en el vientre agonizante de la conciencia, estos gemelos polares estuvieran continuamente luchando. ¿Cómo, entonces, se disociaron?

Tan lejos estaba en mis reflexiones cuando, como he dicho, una luz lateral comenzó a iluminar el tema desde la mesa del laboratorio. Comencé a percibir, más profundamente de lo que nunca se ha dicho, la temblorosa inmaterialidad, la brumosa transitoriedad, de este cuerpo aparentemente tan sólido en el que andamos ataviados. Descubrí que ciertos agentes tenían el poder de sacudir y arrancar esa vestidura carnal, incluso como el viento podría agitar las cortinas de un pabellón. Por dos buenas razones, no entraré a fondo en esta rama científica de mi confesión. En primer lugar, porque me han hecho aprender que la condena y la carga de nuestra vida están atadas para siempre a los hombros del hombre, y cuando se intenta desprenderse de ellas, no hacen sino volver sobre nosotros con una presión más desconocida y más terrible. En segundo lugar, porque, como mi relato hará, ¡ay! demasiado evidente, mis descubrimientos fueron incompletos. Basta, pues, con que no sólo reconociera mi cuerpo natural por la mera aura y refulgencia de algunas de las potencias que componían mi espíritu, sino que lograra componer una droga mediante la cual estas potencias fueran destronadas de su supremacía, y sustituidas por una segunda forma y un segundo semblante, no menos naturales para mí porque eran la expresión y llevaban el sello de elementos inferiores de mi alma.

I hesitated long before I put this theory to the test of practice. I knew well that I risked death; for any drug that so potently controlled and shook the very fortress of identity, might, by the least scruple of an overdose or at the least inopportunity in the moment of exhibition, utterly blot out that immaterial tabernacle which I looked to it to change. But the temptation of a discovery so singular and profound at last overcame the suggestions of alarm. I had long since prepared my tincture; I purchased at once, from a firm of wholesale chemists, a large quantity of a particular salt which I knew, from my experiments, to be the last ingredient required; and late one accursed night, I compounded the elements, watched them boil and smoke together in the glass, and when the ebullition had subsided, with a strong glow of courage, drank off the potion.

The most racking pangs succeeded: a grinding in the bones, deadly nausea, and a horror of the spirit that cannot be exceeded at the hour of birth or death. Then these agonies began swiftly to subside, and I came to myself as if out of a great sickness. There was something strange in my sensations, something indescribably new and, from its very novelty, incredibly sweet. I felt younger, lighter, happier in body; within I was conscious of a heady recklessness, a current of disordered sensual images running like a millrace in my fancy, a solution of the bonds of obligation, an unknown but not an innocent freedom of the soul. I knew myself, at the first breath of this new life, to be more wicked, tenfold more wicked, sold a slave to my original evil; and the thought, in that moment, braced and delighted me like wine. I stretched out my hands, exulting in the freshness of these sensations; and in the act, I was suddenly aware that I had lost in stature.

There was no mirror, at that date, in my room; that which stands beside me as I write, was brought there later on and for the very purpose of these transformations. The night however, was far gone into the morning—the morning, black as it was, was nearly ripe for the conception of the day—the inmates of my house were locked in the most rigorous hours of slumber; and I determined, flushed as I was with hope and triumph, to venture in my new shape as far as to my bedroom. I crossed the yard, wherein the constellations looked down upon me, I could have thought, with wonder, the first creature of that sort that their unsleeping vigilance had yet disclosed to them; I stole

Dudé mucho antes de poner esta teoría a prueba en la práctica. Sabía bien que me arriesgaba a morir; porque cualquier droga que controlara tan potentemente y sacudiera la fortaleza misma de la identidad, podría, por el menor escrúpulo de una sobredosis o a la menor inoportunidad en el momento de la exposición, borrar por completo ese tabernáculo inmaterial que yo esperaba que cambiara. Pero la tentación de un descubrimiento tan singular y profundo venció al fin las sugestiones de alarma. Hacía tiempo que había preparado mi tintura; compré enseguida, a una firma de químicos mayoristas, una gran cantidad de una sal particular que sabía, por mis experimentos, que era el último ingrediente necesario; y tarde una noche maldita, compuse los elementos, los vi hervir y humear juntos en el vaso, y cuando la ebullición se hubo calmado, con un fuerte resplandor de coraje, me bebí la poción.

Siguieron las punzadas más desgarradoras: un crujido en los huesos, náuseas mortales y un horror de espíritu que no puede superarse en la hora del nacimiento o de la muerte. Luego estas agonías comenzaron a remitir rápidamente, y volví en mí como de una gran enfermedad. Había algo extraño en mis sensaciones, algo indescriptiblemente nuevo y, por su misma novedad, increíblemente dulce. Me sentía más joven, más ligero, más feliz en cuerpo; por dentro era consciente de una temeridad embriagadora, una corriente de imágenes sensuales desordenadas que corrían como un molino en mi fantasía, una solución de los lazos de la obligación, una desconocida pero no inocente libertad del alma. Me supe, en el primer aliento de esta nueva vida, más malvado, diez veces más malvado, vendido como esclavo a mi maldad original; y el pensamiento, en ese momento, me vigorizó y deleitó como el vino. Extendí mis manos, exultante en la frescura de estas sensaciones; y en el acto, fui repentinamente consciente de que había perdido estatura.

No había espejo, en ese momento, en mi habitación; el que está a mi lado mientras escribo, fue traído aquí más tarde y con el propósito mismo de estas transformaciones. Sin embargo, la noche se había adentrado en la mañana —la mañana, negra como era, estaba casi madura para la concepción del día—, los habitantes de mi casa estaban encerrados en las horas más rigurosas del sueño; y decidí, ruborizado como estaba de esperanza y triunfo, aventurarme en mi nueva forma hasta mi dormitorio. Crucé el patio, donde las constelaciones me contemplaban, podría haber pensado, con asombro, que era la primera criatura de esa clase que su insomne vigilancia les había revelado hasta entonces; me

through the corridors, a stranger in my own house; and coming to my room, I saw for the first time the appearance of Edward Hyde.

I must here speak by theory alone, saying not that which I know, but that which I suppose to be most probable. The evil side of my nature, to which I had now transferred the stamping efficacy, was less robust and less developed than the good which I had just deposed. Again, in the course of my life, which had been, after all, nine tenths a life of effort, virtue and control, it had been much less exercised and much less exhausted. And hence, as I think, it came about that Edward Hyde was so much smaller, slighter and younger than Henry Jekyll. Even as good shone upon the countenance of the one, evil was written broadly and plainly on the face of the other. Evil besides (which I must still believe to be the lethal side of man) had left on that body an imprint of deformity and decay. And yet when I looked upon that ugly idol in the glass, I was conscious of no repugnance, rather of a leap of welcome. This, too, was myself. It seemed natural and human. In my eyes it bore a livelier image of the spirit, it seemed more express and single, than the imperfect and divided countenance I had been hitherto accustomed to call mine. And in so far I was doubtless right. I have observed that when I wore the semblance of Edward Hyde, none could come near to me at first without a visible misgiving of the flesh. This, as I take it, was because all human beings, as we meet them, are commingled out of good and evil: and Edward Hyde, alone in the ranks of mankind, was pure evil.

I lingered but a moment at the mirror: the second and conclusive experiment had yet to be attempted; it yet remained to be seen if I had lost my identity beyond redemption and must flee before daylight from a house that was no longer mine; and hurrying back to my cabinet, I once more prepared and drank the cup, once more suffered the pangs of dissolution, and came to myself once more with the character, the stature and the face of Henry Jekyll.

That night I had come to the fatal cross-roads. Had I approached my discovery in a more noble spirit, had I risked the experiment while under the empire of generous or pious aspirations, all must have been otherwise, and from these agonies of death and birth, I had come forth an angel instead of a fiend. The drug had no discriminating action; it was neither diabolical nor divine; it but shook

escabullí por los pasillos, un extraño en mi propia casa; y al llegar a mi habitación, vi por primera vez la apariencia de Edward Hyde..

Aquí debo hablar sólo por teoría, diciendo no lo que sé, sino lo que supongo más probable. El lado malo de mi naturaleza, al que ahora había transferido la eficacia del sello, era menos robusto y estaba menos desarrollado que el bueno que acababa de deponer. Además, en el curso de mi vida, que había sido, después de todo, nueve décimas partes una vida de esfuerzo, virtud y control, se había ejercitado mucho menos y se había agotado mucho menos. Y de ahí, según creo, que Edward Hyde fuera mucho más pequeño, delgado y joven que Henry Jekyll. Así como el bien brillaba en el semblante del uno, el mal estaba escrito amplia y llanamente en el rostro del otro. Además, el mal (que aún debo creer que es el lado letal del hombre) había dejado en aquel cuerpo una huella de deformidad y decadencia. Y sin embargo, cuando contemplé aquel feo ídolo en el espejo, no fui consciente de ninguna repugnancia, sino más bien de un salto de bienvenida. Esto también era yo misma. Parecía natural y humano. A mis ojos llevaba una imagen más viva del espíritu, parecía más expreso y único, que el semblante imperfecto y dividido que hasta entonces había estado acostumbrado a llamar mío. Y en ese aspecto tenía sin duda razón. He observado que cuando llevaba la semblanza de Edward Hyde, nadie podía acercarse a mí al principio sin un visible recelo de la carne. Esto, según creo, se debía a que todos los seres humanos, tal como los conocemos, son una mezcla de bondad y maldad: y Edward Hyde, solo en las filas de la humanidad, era pura maldad.

No me detuve más que un instante ante el espejo: aún quedaba por intentar el segundo y concluyente experimento; aún quedaba por ver si había perdido mi identidad más allá de toda redención y debía huir antes de que amaneciera de una casa que ya no era la mía; y volviendo apresuradamente a mi gabinete, preparé y bebí una vez más la copa, sufrí una vez más los dolores de la disolución y volví en mí una vez más con el carácter, la estatura y el rostro de Henry Jekyll.

Aquella noche había llegado a la encrucijada fatal. Si hubiera abordado mi descubrimiento con un espíritu más noble, si hubiera arriesgado el experimento mientras estaba bajo el imperio de aspiraciones generosas o piadosas, todo habría sido de otro modo, y de estas agonías de muerte y nacimiento, habría salido un ángel en lugar de un demonio. La droga no tenía ninguna acción discriminatoria; no era ni diabólica ni

the doors of the prisonhouse of my disposition; and like the captives of Philippi, that which stood within ran forth. At that time my virtue slumbered; my evil, kept awake by ambition, was alert and swift to seize the occasion; and the thing that was projected was Edward Hyde. Hence, although I had now two characters as well as two appearances, one was wholly evil, and the other was still the old Henry Jekyll, that incongruous compound of whose reformation and improvement I had already learned to despair. The movement was thus wholly toward the worse.

Even at that time, I had not conquered my aversions to the dryness of a life of study. I would still be merrily disposed at times; and as my pleasures were (to say the least) undignified, and I was not only well known and highly considered, but growing towards the elderly man, this incoherency of my life was daily growing more unwelcome. It was on this side that my new power tempted me until I fell in slavery. I had but to drink the cup, to doff at once the body of the noted professor, and to assume, like a thick cloak, that of Edward Hyde. I smiled at the notion; it seemed to me at the time to be humourous; and I made my preparations with the most studious care. I took and furnished that house in Soho, to which Hyde was tracked by the police; and engaged as a housekeeper a creature whom I knew well to be silent and unscrupulous. On the other side, I announced to my servants that a Mr. Hyde (whom I described) was to have full liberty and power about my house in the square; and to parry mishaps, I even called and made myself a familiar object, in my second character. I next drew up that will to which you so much objected; so that if anything befell me in the person of Dr. Jekyll, I could enter on that of Edward Hyde without pecuniary loss. And thus fortified, as I supposed, on every side, I began to profit by the strange immunities of my position.

Men have before hired bravos to transact their crimes, while their own person and reputation sat under shelter. I was the first that ever did so for his pleasures. I was the first that could plod in the public eye with a load of genial respectability, and in a moment, like a schoolboy, strip off these lendings and spring headlong into the sea of liberty. But for me, in my impenetrable mantle, the safety was complete. Think of it—I did not even exist! Let me but escape into my laboratory door, give me but a second or two to mix and swallow the

divina; no hizo más que sacudir las puertas de la prisión de mi disposición; y como los cautivos de Filipos, lo que había dentro salió corriendo. En aquel momento mi virtud dormitaba; mi maldad, mantenida despierta por la ambición, estaba alerta y rápida para aprovechar la ocasión; y lo que se proyectaba era Edward Hyde. Por lo tanto, aunque ahora tenía dos caracteres además de dos apariencias, uno era totalmente malvado y el otro seguía siendo el viejo Henry Jekyll, ese compuesto incongruente de cuya reforma y mejora ya había aprendido a desconfiar. El movimiento era, pues, enteramente hacia lo peor.

Ni siquiera en aquella época había vencido mis aversiones a la aridez de una vida de estudio. A veces seguía estando alegremente dispuesto; y como mis placeres eran (por no decir otra cosa) indignos, y no sólo era bien conocido y muy considerado, sino que me acercaba cada vez más a la vejez, esta incoherencia de mi vida era cada día más inoportuna. Fue por este lado que mi nuevo poder me tentó hasta hacerme caer en la esclavitud. No tenía más que beber la copa, despojarme enseguida del cuerpo del célebre profesor y asumir, como un grueso manto, el de Edward Hyde. Sonreí ante la idea; en aquel momento me pareció humorística; e hice mis preparativos con el cuidado más estudioso. Tomé y amueblé aquella casa del Soho, a la que Hyde fue rastreado por la policía; y contraté como ama de llaves a una criatura que sabía bien que era silenciosa y carecía de escrúpulos. Por otro lado, anuncié a mis sirvientes que un tal Mr. Hyde (al que describí) iba a tener plena libertad y poder en mi casa de la plaza; y para evitar contratiempos, incluso me visité y me convertí en un objeto familiar, en mi segundo personaje. A continuación redacté ese testamento al que usted tanto se opuso; de modo que si algo me sucedía en la persona del Dr. Jekyll, podía entrar en la de Edward Hyde sin pérdida pecuniaria. Y así fortificado, como suponía, por todos lados, empecé a beneficiarme de las extrañas inmunidades de mi posición.

Los hombres han contratado antes a hombres bravos para llevar a cabo sus crímenes, mientras su propia persona y reputación quedaban al abrigo. Yo fui el primero que lo hizo por sus placeres. Fui el primero que pudo arrastrarse ante la opinión pública con una carga de respetabilidad genial, y en un momento, como un colegial, despojarse de estos préstamos y lanzarse de cabeza al mar de la libertad. Pero para mí, en mi impenetrable manto, la seguridad era completa. Piénselo: ¡ni siquiera existía! Sólo déjeme escapar a la puerta de mi laboratorio, déme sólo

draught that I had always standing ready; and whatever he had done, Edward Hyde would pass away like the stain of breath upon a mirror; and there in his stead, quietly at home, trimming the midnight lamp in his study, a man who could afford to laugh at suspicion, would be Henry Jekyll.

The pleasures which I made haste to seek in my disguise were, as I have said, undignified; I would scarce use a harder term. But in the hands of Edward Hyde, they soon began to turn toward the monstrous. When I would come back from these excursions, I was often plunged into a kind of wonder at my vicarious depravity. This familiar that I called out of my own soul, and sent forth alone to do his good pleasure, was a being inherently malign and villainous; his every act and thought centered on self; drinking pleasure with bestial avidity from any degree of torture to another; relentless like a man of stone. Henry Jekyll stood at times aghast before the acts of Edward Hyde; but the situation was apart from ordinary laws, and insidiously relaxed the grasp of conscience. It was Hyde, after all, and Hyde alone, that was guilty. Jekyll was no worse; he woke again to his good qualities seemingly unimpaired; he would even make haste, where it was possible, to undo the evil done by Hyde. And thus his conscience slumbered.

Into the details of the infamy at which I thus connived (for even now I can scarce grant that I committed it) I have no design of entering; I mean but to point out the warnings and the successive steps with which my chastisement approached. I met with one accident which, as it brought on no consequence, I shall no more than mention. An act of cruelty to a child aroused against me the anger of a passer-by, whom I recognised the other day in the person of your kinsman; the doctor and the child's family joined him; there were moments when I feared for my life; and at last, in order to pacify their too just resentment, Edward Hyde had to bring them to the door, and pay them in a cheque drawn in the name of Henry Jekyll. But this danger was easily eliminated from the future, by opening an account at another bank in the name of Edward Hyde himself; and when, by sloping my own hand backward, I had supplied my double with a signature, I thought I sat beyond the reach of fate.

un segundo o dos para mezclar y tragar el brebaje que siempre tenía preparado; y, hubiera hecho lo que hubiera hecho, Edward Hyde desaparecería como la mancha del aliento sobre un espejo; y allí en su lugar, tranquilamente en casa, arreglando la lámpara de medianoche en su estudio, un hombre que podía permitirse reírse de la sospecha, estaría Henry Jekyll.

Los placeres que me apresuré a buscar con mi disfraz eran, como he dicho, indignos; apenas emplearía un término más duro. Pero en manos de Edward Hyde, pronto empezaron a virar hacia lo monstruoso. Cuando regresaba de estas excursiones, a menudo me sumía en una especie de asombro por mi depravación vicaria. Este familiar al que invocaba fuera de mi propia alma, y enviaba solo para hacer su bien, era un ser inherentemente maligno y canalla; cada uno de sus actos y pensamientos centrados en sí mismo; bebiendo placer con avidez bestial de cualquier grado de tortura a otro; implacable como un hombre de piedra. Henry Jekyll se quedaba a veces atónito ante los actos de Edward Hyde; pero la situación se apartaba de las leyes ordinarias y relajaba insidiosamente el asidero de la conciencia. Después de todo, era Hyde, y sólo Hyde, el culpable. Jekyll no era peor; volvía a despertar a sus buenas cualidades aparentemente intactas; incluso se apresuraba, cuando era posible, a deshacer el mal hecho por Hyde. Y así dormitaba su conciencia.

En los detalles de la infamia en la que así conspiré (pues incluso ahora apenas puedo conceder que la cometí) no tengo intención de entrar; sólo pretendo señalar las advertencias y los pasos sucesivos con los que se aproximó mi castigo. Tuve un accidente que, como no tuvo consecuencias, me limitaré a mencionar. Un acto de crueldad hacia una niña despertó contra mí la ira de un transeúnte, a quien reconocí el otro día en la persona de su pariente; el médico y la familia de la niña se unieron a él; hubo momentos en que temí por mi vida; y al final, para apaciguar su demasiado justo resentimiento, Edward Hyde tuvo que traerlos a la puerta y pagarles con un cheque extendido con el nombre de Henry Jekyll. Pero este peligro se eliminó fácilmente del futuro, abriendo una cuenta en otro banco a nombre del propio Edward Hyde; y cuando, inclinando mi propia mano hacia atrás, hube provisto a mi doble de una firma, pensé que me encontraba fuera del alcance del destino.

Some two months before the murder of Sir Danvers, I had been out for one of my adventures, had returned at a late hour, and woke the next day in bed with somewhat odd sensations. It was in vain I looked about me; in vain I saw the decent furniture and tall proportions of my room in the square; in vain that I recognised the pattern of the bed curtains and the design of the mahogany frame; something still kept insisting that I was not where I was, that I had not wakened where I seemed to be, but in the little room in Soho where I was accustomed to sleep in the body of Edward Hyde. I smiled to myself, and in my psychological way, began lazily to inquire into the elements of this illusion, occasionally, even as I did so, dropping back into a comfortable morning doze. I was still so engaged when, in one of my more wakeful moments, my eyes fell upon my hand. Now the hand of Henry Jekyll (as you have often remarked) was professional in shape and size; it was large, firm, white and comely. But the hand which I now saw, clearly enough, in the yellow light of a mid-London morning, lying half shut on the bedclothes, was lean, corded, knuckly, of a dusky pallor and thickly shaded with a swart growth of hair. It was the hand of Edward Hyde.

I must have stared upon it for near half a minute, sunk as I was in the mere stupidity of wonder, before terror woke up in my breast as sudden and startling as the crash of cymbals; and bounding from my bed I rushed to the mirror. At the sight that met my eyes, my blood was changed into something exquisitely thin and icy. Yes, I had gone to bed Henry Jekyll, I had awakened Edward Hyde. How was this to be explained? I asked myself; and then, with another bound of terror—how was it to be remedied? It was well on in the morning; the servants were up; all my drugs were in the cabinet—a long journey down two pairs of stairs, through the back passage, across the open court and through the anatomical theatre, from where I was then standing horror-struck. It might indeed be possible to cover my face; but of what use was that, when I was unable to conceal the alteration in my stature? And then with an overpowering sweetness of relief, it came back upon my mind that the servants were already used to the coming and going of my second self. I had soon dressed, as well as I was able, in clothes of my own size: had soon passed through the house, where Bradshaw stared and drew back at seeing Mr. Hyde at such an hour and in such a strange array; and ten minutes later, Dr. Jekyll

Unos dos meses antes del asesinato de Sir Danvers, yo había salido para una de mis aventuras, había regresado a una hora tardía y me desperté al día siguiente en la cama con sensaciones un tanto extrañas. En vano miré a mi alrededor; en vano vi los decentes muebles y las altas proporciones de mi habitación en la plaza; en vano reconocí el estampado de las cortinas de la cama y el diseño del marco de caoba; algo seguía insistiendo en que yo no estaba donde estaba, que no me había despertado donde parecía estar, sino en la pequeña habitación del Soho donde acostumbraba a dormir en el cuerpo de Edward Hyde. Sonreí para mis adentros y, a mi manera psicológica, empecé a indagar perezosamente en los elementos de esta ilusión, cayendo de vez en cuando, incluso mientras lo hacía, en un confortable sopor matutino. Seguía así ocupado cuando, en uno de mis momentos más despiertos, mis ojos se posaron en mi mano. Ahora bien, la mano de Henry Jekyll (como usted ha observado a menudo) era profesional en forma y tamaño; era grande, firme, blanca y atractiva. Pero la mano que ahora veía, con suficiente claridad, a la luz amarilla de una mañana de mediados de Londres, tendida medio cerrada sobre la ropa de cama, era delgada, acordonada, nudosa, de una palidez mortecina y densamente sombreada por un vello crecido. Era la mano de Edward Hyde.

Debí de quedarme mirándola durante casi medio minuto, hundido como estaba en la mera estupidez del asombro, antes de que el terror despertara en mi pecho, tan súbito y sobrecogedor como el estruendo de unos címbalos; y saltando de la cama me abalancé sobre el espejo. Ante la visión que se encontró con mis ojos, mi sangre se transformó en algo exquisitamente delgado y helado. Sí, me había acostado Henry Jekyll, había despertado Edward Hyde. ¿Cómo podía explicarse esto? me pregunté; y luego, con otro arrebato de terror: ¿cómo iba a remediarse? Era bien entrada la mañana; los criados se habían levantado; todos mis medicamentos estaban en el armario: un largo viaje —bajando dos pares de escaleras, a través del pasadizo trasero, cruzando el patio abierto y atravesando el teatro anatómico— desde donde me encontraba entonces, horrorizado. En efecto, sería posible cubrirme el rostro; pero ¿de qué serviría eso, cuando era incapaz de disimular la alteración de mi estatura? Y entonces, con una dulzura de alivio abrumadora, me vino a la mente que los criados ya estaban acostumbrados al ir y venir de mi segundo yo. No tardé en vestirme, lo mejor que pude, con ropas de mi talla; no tardé en atravesar la casa, donde Bradshaw se quedó mirando y retrocedió al ver a Mr. Hyde a esas horas y en tan extraño atuendo; y diez

had returned to his own shape and was sitting down, with a darkened brow, to make a feint of breakfasting.

Small indeed was my appetite. This inexplicable incident, this reversal of my previous experience, seemed, like the Babylonian finger on the wall, to be spelling out the letters of my judgment; and I began to reflect more seriously than ever before on the issues and possibilities of my double existence. That part of me which I had the power of projecting, had lately been much exercised and nourished; it had seemed to me of late as though the body of Edward Hyde had grown in stature, as though (when I wore that form) I were conscious of a more generous tide of blood; and I began to spy a danger that, if this were much prolonged, the balance of my nature might be permanently overthrown, the power of voluntary change be forfeited, and the character of Edward Hyde become irrevocably mine. The power of the drug had not been always equally displayed. Once, very early in my career, it had totally failed me; since then I had been obliged on more than one occasion to double, and once, with infinite risk of death, to treble the amount; and these rare uncertainties had cast hitherto the sole shadow on my contentment. Now, however, and in the light of that morning's accident, I was led to remark that whereas, in the beginning, the difficulty had been to throw off the body of Jekyll, it had of late gradually but decidedly transferred itself to the other side. All things therefore seemed to point to this; that I was slowly losing hold of my original and better self, and becoming slowly incorporated with my second and worse.

Between these two, I now felt I had to choose. My two natures had memory in common, but all other faculties were most unequally shared between them. Jekyll (who was composite) now with the most sensitive apprehensions, now with a greedy gusto, projected and shared in the pleasures and adventures of Hyde; but Hyde was indifferent to Jekyll, or but remembered him as the mountain bandit remembers the cavern in which he conceals himself from pursuit. Jekyll had more than a father's interest; Hyde had more than a son's indifference. To cast in my lot with Jekyll, was to die to those appetites which I had long secretly indulged and had of late begun to pamper. To cast it in with Hyde, was to die to a thousand interests and aspirations, and to become, at a blow and forever, despised and

minutos más tarde, el Dr. Jekyll había vuelto a su propia forma y estaba sentado, con el ceño fruncido, para hacer un amago de desayunar.

Pequeño era en verdad mi apetito. Este inexplicable incidente, esta inversión de mi experiencia anterior, parecía, como el dedo babilónico en la pared, estar deletreando las letras de mi juicio; y empecé a reflexionar más seriamente que nunca sobre los problemas y las posibilidades de mi doble existencia. Esa parte de mí que tenía el poder de proyectar, había sido últimamente muy ejercitada y alimentada; últimamente me había parecido como si el cuerpo de Edward Hyde hubiera crecido en estatura, como si (cuando llevaba esa forma) fuera consciente de una marea de sangre más generosa; y empecé a vislumbrar el peligro de que, si esto se prolongaba mucho, el equilibrio de mi naturaleza podría ser derrocado permanentemente, el poder de cambio voluntario se perdería, y el carácter de Edward Hyde se convertiría irrevocablemente en el mío. El poder de la droga no siempre se había mostrado igual. Una vez, muy al principio de mi carrera, me había fallado totalmente; desde entonces me había visto obligado en más de una ocasión a doblar la dosis, y una vez, con infinito riesgo de muerte, a triplicar la cantidad; y estas raras incertidumbres habían arrojado hasta entonces la única sombra sobre mi satisfacción. Ahora, sin embargo, y a la luz del accidente de aquella mañana, me vi llevado a observar que mientras que, al principio, la dificultad había consistido en desprenderse del cuerpo de Jekyll, últimamente se había trasladado gradual pero decididamente al otro lado. Por lo tanto, todo parecía apuntar a esto: que estaba perdiendo lentamente el control de mi yo original y mejor, y que me estaba incorporando lentamente a mi segundo y peor yo.

Entre estos dos, ahora sentía que tenía que elegir. Mis dos naturalezas tenían en común la memoria, pero todas las demás facultades estaban muy desigualmente repartidas entre ellas. Jekyll (que era compuesto) ahora con las aprensiones más sensibles, ahora con un gusto codicioso, proyectaba y compartía los placeres y aventuras de Hyde; pero Hyde era indiferente a Jekyll, o sólo lo recordaba como el bandido de la montaña recuerda la caverna en la que se oculta de la persecución. Jekyll tenía más que un interés paterno; Hyde tenía más que la indiferencia de un hijo. Echar mi suerte con Jekyll era morir a esos apetitos que durante tanto tiempo había complacido en secreto y que últimamente había empezado a mimar. Arrojarla a la suerte de Hyde era morir a mil intereses y aspiraciones, y convertirme, de golpe y para siempre, en alguien

friendless. The bargain might appear unequal; but there was still another consideration in the scales; for while Jekyll would suffer smartingly in the fires of abstinence, Hyde would be not even conscious of all that he had lost. Strange as my circumstances were, the terms of this debate are as old and commonplace as man; much the same inducements and alarms cast the die for any tempted and trembling sinner; and it fell out with me, as it falls with so vast a majority of my fellows, that I chose the better part and was found wanting in the strength to keep to it.

Yes, I preferred the elderly and discontented doctor, surrounded by friends and cherishing honest hopes; and bade a resolute farewell to the liberty, the comparative youth, the light step, leaping impulses and secret pleasures, that I had enjoyed in the disguise of Hyde. I made this choice perhaps with some unconscious reservation, for I neither gave up the house in Soho, nor destroyed the clothes of Edward Hyde, which still lay ready in my cabinet. For two months, however, I was true to my determination; for two months, I led a life of such severity as I had never before attained to, and enjoyed the compensations of an approving conscience. But time began at last to obliterate the freshness of my alarm; the praises of conscience began to grow into a thing of course; I began to be tortured with throes and longings, as of Hyde struggling after freedom; and at last, in an hour of moral weakness, I once again compounded and swallowed the transforming draught.

I do not suppose that, when a drunkard reasons with himself upon his vice, he is once out of five hundred times affected by the dangers that he runs through his brutish, physical insensibility; neither had I, long as I had considered my position, made enough allowance for the complete moral insensibility and insensate readiness to evil, which were the leading characters of Edward Hyde. Yet it was by these that I was punished. My devil had been long caged, he came out roaring. I was conscious, even when I took the draught, of a more unbridled, a more furious propensity to ill. It must have been this, I suppose, that stirred in my soul that tempest of impatience with which I listened to the civilities of my unhappy victim; I declare, at least, before God, no man morally sane could have been guilty of that crime upon so pitiful a provocation; and that I struck in no more reasonable spirit than that in which a sick child may break a plaything. But I had voluntarily

despreciado y sin amigos. El trato podía parecer desigual; pero aún había otra consideración en la balanza; pues mientras Jekyll sufriría inteligentemente en los fuegos de la abstinencia, Hyde ni siquiera sería consciente de todo lo que había perdido. Por extrañas que fueran mis circunstancias, los términos de este debate son tan antiguos y comunes como el hombre; casi los mismos alicientes y alarmas arrojan la suerte para cualquier pecador tentado y tembloroso; y me aconteció, como a la inmensa mayoría de mis semejantes, que elegí la mejor parte y me hallé falto de fuerzas para mantenerla.

Sí, preferí al médico anciano y descontento, rodeado de amigos y abrigando honestas esperanzas; y me despedí resueltamente de la libertad, la relativa juventud, el paso ligero, los impulsos saltarines y los placeres secretos, que había disfrutado disfrazado de Hyde. Hice esta elección quizá con alguna reserva inconsciente, pues ni renuncié a la casa del Soho, ni destruí las ropas de Edward Hyde, que aún yacían listas en mi gabinete. Durante dos meses, sin embargo, fui fiel a mi determinación; durante dos meses, llevé una vida de tal severidad como nunca antes había alcanzado, y disfruté de las compensaciones de una conciencia aprobadora. Pero el tiempo empezó al fin a borrar la frescura de mi alarma; las alabanzas de la conciencia empezaron a convertirse en algo natural; empecé a torturarme con angustias y anhelos, como Hyde luchando por la libertad; y al fin, en una hora de debilidad moral, volví a componer y a tragar la bebida transformadora.

No supongo que, cuando un borracho razona consigo mismo sobre su vicio, se vea afectado una de cada quinientas veces por los peligros que corre a causa de su insensibilidad bruta y física; tampoco yo, desde que consideré mi posición, había tenido suficientemente en cuenta la completa insensibilidad moral y la insensata disposición al mal, que eran los caracteres principales de Edward Hyde. Sin embargo, fue por éstos por los que fui castigado. Mi demonio llevaba mucho tiempo enjaulado y salió rugiendo. Era consciente, incluso cuando tomé el trago, de una propensión más desenfrenada, más furiosa, al mal. Debe haber sido esto, supongo, lo que despertó en mi alma esa tempestad de impaciencia con la que escuché las cortesías de mi infeliz víctima; declaro, al menos, ante Dios, que ningún hombre moralmente cuerdo podría haber sido culpable de ese crimen ante una provocación tan lamentable; y que no golpeé con un espíritu más razonable que aquel con el que un

stripped myself of all those balancing instincts by which even the worst of us continues to walk with some degree of steadiness among temptations; and in my case, to be tempted, however slightly, was to fall.

Instantly the spirit of hell awoke in me and raged. With a transport of glee, I mauled the unresisting body, tasting delight from every blow; and it was not till weariness had begun to succeed, that I was suddenly, in the top fit of my delirium, struck through the heart by a cold thrill of terror. A mist dispersed; I saw my life to be forfeit; and fled from the scene of these excesses, at once glorying and trembling, my lust of evil gratified and stimulated, my love of life screwed to the topmost peg. I ran to the house in Soho, and (to make assurance doubly sure) destroyed my papers; thence I set out through the lamplit streets, in the same divided ecstasy of mind, gloating on my crime, light-headedly devising others in the future, and yet still hastening and still hearkening in my wake for the steps of the avenger. Hyde had a song upon his lips as he compounded the draught, and as he drank it, pledged the dead man. The pangs of transformation had not done tearing him, before Henry Jekyll, with streaming tears of gratitude and remorse, had fallen upon his knees and lifted his clasped hands to God. The veil of self-indulgence was rent from head to foot. I saw my life as a whole: I followed it up from the days of childhood, when I had walked with my father's hand, and through the self-denying toils of my professional life, to arrive again and again, with the same sense of unreality, at the damned horrors of the evening. I could have screamed aloud; I sought with tears and prayers to smother down the crowd of hideous images and sounds with which my memory swarmed against me; and still, between the petitions, the ugly face of my iniquity stared into my soul. As the acuteness of this remorse began to die away, it was succeeded by a sense of joy. The problem of my conduct was solved. Hyde was thenceforth impossible; whether I would or not, I was now confined to the better part of my existence; and O, how I rejoiced to think of it! with what willing humility I embraced anew the restrictions of natural life! with what sincere renunciation I locked the door by which I had so often gone and come, and ground the key under my heel!

niño enfermo puede romper un juguete. Pero me había despojado voluntariamente de todos esos instintos equilibradores por los que hasta el peor de nosotros sigue caminando con cierto grado de firmeza entre las tentaciones; y en mi caso, caer en la tentación, por leve que fuera, era caer.

Instantáneamente el espíritu del infierno despertó en mí y se enfureció. Con un transporte de regocijo, mutilé el cuerpo que no resistía, saboreando el deleite de cada golpe; y no fue hasta que el cansancio había empezado a vencerme, cuando de repente, en el momento álgido de mi delirio, fui golpeado en el corazón por un frío estremecimiento de terror. Una niebla se dispersó; vi que mi vida estaba perdida; y huí de la escena de estos excesos, a la vez gloriándome y temblando, mi lujuria del mal gratificada y estimulada, mi amor a la vida atornillado a la clavija más alta. Corrí a la casa del Soho y (para estar doblemente seguro) destruí mis papeles; desde allí salí por las calles iluminadas por la luz de las lámparas, con el mismo éxtasis mental dividido, regodeándome en mi crimen, ideando con ligereza otros en el futuro y, sin embargo, todavía apresurándome y escuchando a mi paso los pasos del vengador. Hyde tenía una canción en los labios mientras preparaba el brebaje y, al beberlo, juró por el hombre muerto. Las punzadas de la transformación no habían terminado de desgarrarle antes de que Henry Jekyll, con lágrimas de gratitud y remordimiento, cayera de rodillas y alzara sus manos entrelazadas hacia Dios. El velo de la autoindulgencia se rasgó de pies a cabeza. Vi mi vida como un todo: la recorrí desde los días de la infancia, cuando había caminado de la mano de mi padre, y a través de los abnegados trabajos de mi vida profesional, para llegar una y otra vez, con la misma sensación de irrealidad, a los malditos horrores de la noche. Hubiera podido gritar en voz alta; intenté con lágrimas y oraciones sofocar la multitud de imágenes y sonidos horribles con que mi memoria se agolpaba contra mí; y aún así, entre las súplicas, el feo rostro de mi iniquidad me miraba fijamente el alma. A medida que la agudeza de este remordimiento fue desapareciendo, le sucedió una sensación de alegría. El problema de mi conducta estaba resuelto. Hyde era a partir de entonces imposible; quisiera o no, ahora estaba confinada a la mejor parte de mi existencia; y ¡oh, cómo me regocijaba al pensar en ello! ¡con qué voluntaria humildad abracé de nuevo las restricciones de la vida natural! ¡con qué sincera renuncia cerré la puerta por la que tantas veces había ido y venido, y molí la llave bajo mi talón!

The next day, came the news that the murder had been overlooked, that the guilt of Hyde was patent to the world, and that the victim was a man high in public estimation. It was not only a crime, it had been a tragic folly. I think I was glad to know it; I think I was glad to have my better impulses thus buttressed and guarded by the terrors of the scaffold. Jekyll was now my city of refuge; let but Hyde peep out an instant, and the hands of all men would be raised to take and slay him.

I resolved in my future conduct to redeem the past; and I can say with honesty that my resolve was fruitful of some good. You know yourself how earnestly, in the last months of the last year, I laboured to relieve suffering; you know that much was done for others, and that the days passed quietly, almost happily for myself. Nor can I truly say that I wearied of this beneficent and innocent life; I think instead that I daily enjoyed it more completely; but I was still cursed with my duality of purpose; and as the first edge of my penitence wore off, the lower side of me, so long indulged, so recently chained down, began to growl for licence. Not that I dreamed of resuscitating Hyde; the bare idea of that would startle me to frenzy: no, it was in my own person that I was once more tempted to trifle with my conscience; and it was as an ordinary secret sinner that I at last fell before the assaults of temptation.

There comes an end to all things; the most capacious measure is filled at last; and this brief condescension to my evil finally destroyed the balance of my soul. And yet I was not alarmed; the fall seemed natural, like a return to the old days before I had made my discovery. It was a fine, clear, January day, wet under foot where the frost had melted, but cloudless overhead; and the Regent's Park was full of winter chirrupings and sweet with spring odours. I sat in the sun on a bench; the animal within me licking the chops of memory; the spiritual side a little drowsed, promising subsequent penitence, but not yet moved to begin. After all, I reflected, I was like my neighbours; and then I smiled, comparing myself with other men, comparing my active good-will with the lazy cruelty of their neglect. And at the very moment of that vainglorious thought, a qualm came over me, a horrid nausea and the most deadly shuddering. These passed away, and left me faint; and then as in its turn faintness subsided, I began to be

Al día siguiente, llegó la noticia de que el asesinato había sido declarado, que la culpabilidad de Hyde era patente para el mundo y que la víctima era un hombre muy apreciado por la opinión pública. No sólo había sido un crimen, sino una trágica locura. Creo que me alegré de saberlo; creo que me alegré de que mis mejores impulsos se vieran así reforzados y protegidos por los terrores del cadalso. Jekyll era ahora mi ciudad de refugio; dejemos que Hyde se asome un instante, y las manos de todos los hombres se alzarían para cogerlo y matarlo.

Resolví en mi conducta futura redimir el pasado; y puedo decir con honestidad que mi resolución fructificó en algo bueno. Usted mismo sabe con cuánta seriedad, en los últimos meses del año pasado, trabajé para aliviar el sufrimiento; sabe que se hizo mucho por los demás, y que los días transcurrieron tranquilos, casi felices para mí. Tampoco puedo decir realmente que me cansara de esta vida benéfica e inocente; creo, por el contrario, que cada día la disfrutaba más plenamente; pero aún estaba maldito por mi dualidad de propósitos; y a medida que se desvanecía el primer arrebato de mi penitencia, el lado inferior de mí, tan largamente complacido, tan recientemente encadenado, comenzó a gruñir pidiendo licencia. No es que soñara con resucitar a Hyde; la sola idea de ello me sobresaltaría hasta el frenesí: no, fue en mi propia persona donde volví a sentir la tentación de jugar con mi conciencia; y fue como un pecador secreto ordinario que caí al fin ante los asaltos de la tentación.

Todas las cosas llegan a su fin; la medida más alta se llena al fin; y esta breve condescendencia con mi mal finalmente destruyó el equilibrio de mi alma. Sin embargo, no me alarmé; la caída me pareció natural, como un regreso a los viejos tiempos antes de que yo hubiera hecho mi descubrimiento. Era un hermoso y claro día de enero, húmedo bajo los pies donde se había derretido la escarcha, pero despejado en lo alto; y el Regent's Park estaba lleno de gorjeos invernales y dulce de olores primaverales. Me senté al sol en un banco; el animal dentro de mí lamiendo las chuletas de la memoria; el lado espiritual un poco adormilado, prometiendo la penitencia posterior, pero aún no movido a empezar. Después de todo, reflexioné, yo era como mis vecinos; y entonces sonreí, comparándome con otros hombres, comparando mi activa buena voluntad con la perezosa crueldad de su negligencia. Y en el mismo momento de ese pensamiento vanaglorioso, me sobrevino un escalofrío, una náusea horrible y el más mortal estremecimiento. Estos pasaron, y me dejaron

aware of a change in the temper of my thoughts, a greater boldness, a contempt of danger, a solution of the bonds of obligation. I looked down; my clothes hung formlessly on my shrunken limbs; the hand that lay on my knee was corded and hairy. I was once more Edward Hyde. A moment before I had been safe of all men's respect, wealthy, beloved—the cloth laying for me in the dining-room at home; and now I was the common quarry of mankind, hunted, houseless, a known murderer, thrall to the gallows.

My reason wavered, but it did not fail me utterly. I have more than once observed that in my second character, my faculties seemed sharpened to a point and my spirits more tensely elastic; thus it came about that, where Jekyll perhaps might have succumbed, Hyde rose to the importance of the moment. My drugs were in one of the presses of my cabinet; how was I to reach them? That was the problem that (crushing my temples in my hands) I set myself to solve. The laboratory door I had closed. If I sought to enter by the house, my own servants would consign me to the gallows. I saw I must employ another hand, and thought of Lanyon. How was he to be reached? how persuaded? Supposing that I escaped capture in the streets, how was I to make my way into his presence? and how should I, an unknown and displeasing visitor, prevail on the famous physician to rifle the study of his colleague, Dr. Jekyll? Then I remembered that of my original character, one part remained to me: I could write my own hand; and once I had conceived that kindling spark, the way that I must follow became lighted up from end to end.

Thereupon, I arranged my clothes as best I could, and summoning a passing hansom, drove to an hotel in Portland Street, the name of which I chanced to remember. At my appearance (which was indeed comical enough, however tragic a fate these garments covered) the driver could not conceal his mirth. I gnashed my teeth upon him with a gust of devilish fury; and the smile withered from his face— happily for him—yet more happily for myself, for in another instant I had certainly dragged him from his perch. At the inn, as I entered, I looked about me with so black a countenance as made the attendants tremble; not a look did they exchange in my presence; but obsequiously took my orders, led me to a private room, and brought me

desfalleciente; y luego, a medida que a su vez el desfallecimiento disminuía, empecé a ser consciente de un cambio en el temperamento de mis pensamientos, una mayor audacia, un desprecio del peligro, una solución de los lazos de la obligación. Miré hacia abajo; mi ropa colgaba informe sobre mis miembros encogidos; la mano que yacía sobre mi rodilla se veía fibrosa y velluda. Era una vez más Edward Hyde. Un momento antes había estado a salvo del respeto de todos los hombres, adinerado, amado: el mantel tendido para mí en el comedor de casa; y ahora era la presa común de la humanidad, perseguido, sin casa, un conocido asesino, esclavo de la horca.

Mi razón vaciló, pero no me falló del todo. Más de una vez he observado que en mi segundo carácter, mis facultades parecían agudizarse hasta un punto y mis espíritus más tensamente elásticos; así sucedió que, donde Jekyll tal vez habría sucumbido, Hyde se elevó a la altura de la importancia del momento. Mis medicamentos estaban en una de las cristaleras de mi gabinete; ¿cómo iba a alcanzarlos? Ése era el problema que (aplastándome las sienes con las manos) me propuse resolver. Había cerrado la puerta del laboratorio. Si intentaba entrar por ella, mis propios sirvientes me condenarían a la horca. Vi que debía emplear otra mano, y pensé en Lanyon. ¿Cómo había que llegar hasta él? ¿Cómo persuadirle? Suponiendo que escapara a mi captura en las calles, ¿cómo iba a abrirme paso hasta su presencia? y ¿cómo iba yo, un visitante desconocido y desagradable, a persuadir al famoso médico para que desvalijara el estudio de su colega, el Dr. Jekyll? Entonces recordé que de mi carácter original me quedaba una parte: podía escribir de mi puño y letra; y una vez concebida esa chispa encendida, el camino que debía seguir se iluminó de punta a punta.

Entonces me arreglé la ropa lo mejor que pude y, llamando a un coche que pasaba por allí, me dirigí a un hotel de Portland Street cuyo nombre recordaba por casualidad. Ante mi aspecto (que era en verdad bastante cómico, por trágico que fuera el destino que cubrían estas prendas) el conductor no pudo disimular su diversión. Le rechiné los dientes con una ráfaga de furia diabólica; y la sonrisa se marchitó de su rostro, felizmente para él, pero más felizmente para mí, pues en otro instante le habría arrancado sin duda de su puesto. En la posada, al entrar, miré a mi alrededor con un semblante tan sombrío que hizo temblar a los asistentes; no intercambiaron ni una mirada en mi presencia, sino que obsequiosamente tomaron mis órdenes, me condujeron a una habita-

wherewithal to write. Hyde in danger of his life was a creature new to me; shaken with inordinate anger, strung to the pitch of murder, lusting to inflict pain. Yet the creature was astute; mastered his fury with a great effort of the will; composed his two important letters, one to Lanyon and one to Poole; and that he might receive actual evidence of their being posted, sent them out with directions that they should be registered. Thenceforward, he sat all day over the fire in the private room, gnawing his nails; there he dined, sitting alone with his fears, the waiter visibly quailing before his eye; and thence, when the night was fully come, he set forth in the corner of a closed cab, and was driven to and fro about the streets of the city. He, I say—I cannot say, I. That child of Hell had nothing human; nothing lived in him but fear and hatred. And when at last, thinking the driver had begun to grow suspicious, he discharged the cab and ventured on foot, attired in his misfitting clothes, an object marked out for observation, into the midst of the nocturnal passengers, these two base passions raged within him like a tempest. He walked fast, hunted by his fears, chattering to himself, skulking through the less frequented thoroughfares, counting the minutes that still divided him from midnight. Once a woman spoke to him, offering, I think, a box of lights. He smote her in the face, and she fled.

When I came to myself at Lanyon's, the horror of my old friend perhaps affected me somewhat: I do not know; it was at least but a drop in the sea to the abhorrence with which I looked back upon these hours. A change had come over me. It was no longer the fear of the gallows, it was the horror of being Hyde that racked me. I received Lanyon's condemnation partly in a dream; it was partly in a dream that I came home to my own house and got into bed. I slept after the prostration of the day, with a stringent and profound slumber which not even the nightmares that wrung me could avail to break. I awoke in the morning shaken, weakened, but refreshed. I still hated and feared the thought of the brute that slept within me, and I had not of course forgotten the appalling dangers of the day before; but I was once more at home, in my own house and close to my drugs; and gratitude for my escape shone so strong in my soul that it almost rivalled the brightness of hope.

ción privada y me trajeron lo necesario para escribir. Hyde en peligro de muerte era una criatura nueva para mí; sacudido por una ira desmesurada, enardecido hasta el punto de asesinar, deseoso de infligir dolor. Sin embargo, la criatura era astuta; dominó su furia con un gran esfuerzo de voluntad; compuso sus dos importantes cartas, una para Lanyon y otra para Poole; y para que pudiera recibir la prueba real de que habían sido enviadas, las envió con instrucciones de que fueran certificadas. A partir de entonces, se pasaba todo el día sentado junto al fuego en la habitación privada, royéndose las uñas; allí cenaba, sentado a solas con sus temores, con el camarero temblando visiblemente ante sus ojos; y de allí, cuando la noche había llegado por completo, salió en la esquina de un taxi cerrado, y fue conducido de un lado a otro por las calles de la ciudad. Él, digo... no puedo decir, yo. Aquel hijo del infierno no tenía nada de humano; nada vivía en él salvo el miedo y el odio. Y cuando por fin, pensando que el conductor había empezado a sospechar, bajó del taxi y se aventuró a pie, ataviado con sus ropas inadecuadas, un objeto marcado para la observación, en medio de los transeúntes nocturnos, estas dos bajas pasiones se desataron en su interior como una tempestad. Caminaba deprisa, perseguido por sus miedos, parloteando consigo mismo, merodeando por las vías menos frecuentadas, contando los minutos que aún le separaban de la medianoche. Una vez le habló una mujer, ofreciéndole, creo, una caja de cigarrillos. Él la golpeó en la cara y ella huyó.

Cuando volví en mí en casa de Lanyon, el horror de mi viejo amigo tal vez me afectó algo: no lo sé; al menos no fue más que una gota en el mar para el aborrecimiento con que recordé aquellas horas. Un cambio se había apoderado de mí. Ya no era el miedo a la horca, era el horror de ser Hyde lo que me atormentaba. Recibí la condena de Lanyon en parte en un sueño; fue en parte en un sueño cuando regresé a mi propia casa y me metí en la cama. Dormí tras la postración del día, con un sueño riguroso y profundo que ni siquiera las pesadillas que me atormentaban lograron romper. Desperté por la mañana agitado, debilitado, pero renovado. Todavía odiaba y temía el pensamiento del bruto que dormía dentro de mí, y por supuesto no había olvidado los espantosos peligros del día anterior; pero estaba una vez más en casa, en mi propia casa y cerca de mis drogas; y la gratitud por mi huida brillaba tan fuerte en mi alma que casi rivalizaba con el brillo de la esperanza.

I was stepping leisurely across the court after breakfast, drinking the chill of the air with pleasure, when I was seized again with those indescribable sensations that heralded the change; and I had but the time to gain the shelter of my cabinet, before I was once again raging and freezing with the passions of Hyde. It took on this occasion a double dose to recall me to myself; and alas! six hours after, as I sat looking sadly in the fire, the pangs returned, and the drug had to be re-administered. In short, from that day forth it seemed only by a great effort as of gymnastics, and only under the immediate stimulation of the drug, that I was able to wear the countenance of Jekyll. At all hours of the day and night, I would be taken with the premonitory shudder; above all, if I slept, or even dozed for a moment in my chair, it was always as Hyde that I awakened. Under the strain of this continually impending doom and by the sleeplessness to which I now condemned myself, ay, even beyond what I had thought possible to man, I became, in my own person, a creature eaten up and emptied by fever, languidly weak both in body and mind, and solely occupied by one thought: the horror of my other self. But when I slept, or when the virtue of the medicine wore off, I would leap almost without transition (for the pangs of transformation grew daily less marked) into the possession of a fancy brimming with images of terror, a soul boiling with causeless hatreds, and a body that seemed not strong enough to contain the raging energies of life. The powers of Hyde seemed to have grown with the sickliness of Jekyll. And certainly the hate that now divided them was equal on each side. With Jekyll, it was a thing of vital instinct. He had now seen the full deformity of that creature that shared with him some of the phenomena of consciousness, and was co-heir with him to death: and beyond these links of community, which in themselves made the most poignant part of his distress, he thought of Hyde, for all his energy of life, as of something not only hellish but inorganic. This was the shocking thing; that the slime of the pit seemed to utter cries and voices; that the amorphous dust gesticulated and sinned; that what was dead, and had no shape, should usurp the offices of life. And this again, that that insurgent horror was knit to him closer than a wife, closer than an eye; lay caged in his flesh, where he heard it mutter and felt it struggle to be born; and at every hour of weakness, and in the confidence of slumber, prevailed against him, and deposed him out of life. The hatred of Hyde for Jekyll was of a different order. His terror of the gallows drove him continually to commit temporary suicide,

Cruzaba tranquilamente el patio después del desayuno, bebiendo con placer el aire fresco, cuando me asaltaron de nuevo esas sensaciones indescriptibles que anunciaban el cambio; y apenas tuve tiempo de ponerme al abrigo de mi gabinete, antes de estar de nuevo enfurecido y helado por las pasiones de Hyde. En esta ocasión fue necesaria una dosis doble para que volviera en mí; y ¡ay! seis horas después, mientras estaba sentado mirando tristemente al fuego, volvieron las punzadas, y tuve que volver a administrarme la droga. En resumen, a partir de ese día parecía que sólo mediante un gran esfuerzo como de gimnasta, y sólo bajo el estímulo inmediato de la droga, era capaz de llevar el semblante de Jekyll. A todas horas del día y de la noche, me sobrevenía el escalofrío premonitorio; sobre todo, si dormía, o incluso dormitaba un momento en mi silla, era siempre como Hyde que me despertaba. Bajo la tensión de esta condena continuamente inminente y por el insomnio al que ahora me condenaba, ay, incluso más allá de lo que había creído posible para el hombre, me convertí, en mi propia persona, en una criatura carcomida y vaciada por la fiebre, lánguidamente débil tanto de cuerpo como de mente, y ocupada únicamente por un pensamiento: el horror de mi otro yo. Pero cuando dormía, o cuando la virtud de la medicina desaparecía, saltaba casi sin transición (pues las punzadas de la transformación se hacían cada día menos acusadas) a la posesión de una fantasía rebosante de imágenes de terror, un alma hirviente de odios sin causa y un cuerpo que no parecía lo bastante fuerte como para contener las furiosas energías de la vida. Los poderes de Hyde parecían haber crecido con los vicios de Jekyll. Y ciertamente el odio que ahora los dividía era igual en cada bando. Con Jekyll, era una cosa de instinto vital. Ahora había visto toda la deformidad de aquella criatura que compartía con él algunos de los fenómenos de la conciencia y era coheredera con él de la muerte: y más allá de estos lazos de comunidad, que en sí mismos constituían la parte más conmovedora de su angustia, pensaba en Hyde, a pesar de toda su energía vital, como en algo no sólo infernal sino inorgánico. Esto era lo chocante: que el cieno de la fosa pareciera proferir gritos y voces; que el polvo amorfo gesticulase y pecase; que lo que estaba muerto y no tenía forma usurpase los oficios de la vida. Y esto también, que aquel horror insurgente estaba unido a él más estrechamente que una esposa, más estrechamente que un ojo; yacía enjaulado en su carne, donde lo oía murmurar y lo sentía luchar por nacer; y en cada hora de debilidad, y en la confianza del sueño, prevalecía contra él, y lo destituía de la vida. El odio de Hyde hacia Jekyll era de otro orden. Su terror a la horca le impulsaba continuamente a cometer un

and return to his subordinate station of a part instead of a person; but he loathed the necessity, he loathed the despondency into which Jekyll was now fallen, and he resented the dislike with which he was himself regarded. Hence the ape-like tricks that he would play me, scrawling in my own hand blasphemies on the pages of my books, burning the letters and destroying the portrait of my father; and indeed, had it not been for his fear of death, he would long ago have ruined himself in order to involve me in the ruin. But his love of life is wonderful; I go further: I, who sicken and freeze at the mere thought of him, when I recall the abjection and passion of this attachment, and when I know how he fears my power to cut him off by suicide, I find it in my heart to pity him.

It is useless, and the time awfully fails me, to prolong this description; no one has ever suffered such torments, let that suffice; and yet even to these, habit brought—no, not alleviation—but a certain callousness of soul, a certain acquiescence of despair; and my punishment might have gone on for years, but for the last calamity which has now fallen, and which has finally severed me from my own face and nature. My provision of the salt, which had never been renewed since the date of the first experiment, began to run low. I sent out for a fresh supply and mixed the draught; the ebullition followed, and the first change of colour, not the second; I drank it and it was without efficiency. You will learn from Poole how I have had London ransacked; it was in vain; and I am now persuaded that my first supply was impure, and that it was that unknown impurity which lent efficacy to the draught.

About a week has passed, and I am now finishing this statement under the influence of the last of the old powders. This, then, is the last time, short of a miracle, that Henry Jekyll can think his own thoughts or see his own face (now how sadly altered!) in the glass. Nor must I delay too long to bring my writing to an end; for if my narrative has hitherto escaped destruction, it has been by a combination of great prudence and great good luck. Should the throes of change take me in the act of writing it, Hyde will tear it in pieces; but if some time shall have elapsed after I have laid it by, his wonderful selfishness and circumscription to the moment will probably save it once again from the action of his ape-like spite. And indeed the doom that is closing on us both has already changed and crushed him. Half

suicidio temporal y a volver a su posición subordinada de personaje en lugar de persona; pero detestaba la necesidad, detestaba el abatimiento en el que Jekyll había caído ahora y se resentía de la antipatía con la que él mismo era considerado. De ahí las jugarretas simiescas que me gastaba, garabateando de mi puño y letra blasfemias en las páginas de mis libros, quemando las cartas y destruyendo el retrato de mi padre; y de hecho, si no hubiera sido por su miedo a la muerte, hace tiempo que se habría arruinado para involucrarme en la ruina. Pero su amor a la vida es maravilloso; yo voy más allá: yo, que me enfermo y me congelo de sólo pensar en él, cuando recuerdo la abyección y la pasión de este apego, y cuando sé cómo teme mi poder para cortar con él mediante el suicidio, encuentro en mi corazón la forma de compadecerle.

Es inútil, y el tiempo me falla terriblemente, prolongar esta descripción; nadie ha sufrido jamás tales tormentos, que eso baste; y sin embargo, incluso a éstos, el hábito trajo —no, no alivio— sino cierta insensibilidad del alma, cierta aquiescencia de la desesperación; y mi castigo podría haber durado años, de no ser por la última calamidad que ha caído ahora, y que finalmente me ha separado de mi propio rostro y naturaleza. Mi provisión de sal, que nunca había sido renovada desde la fecha del primer experimento, empezó a escasear. Envié a buscar una provisión fresca y mezclé el brebaje; siguió la ebullición, y el primer cambio de color, no el segundo; lo bebí y no tuvo eficacia. Usted sabrá por Poole cómo hice saquear Londres; fue en vano; y ahora estoy persuadido de que mi primer suministro era impuro, y que fue esa impureza desconocida la que dio eficacia al brebaje.

Ha pasado aproximadamente una semana, y ahora estoy terminando esta declaración bajo la influencia del último de los viejos polvos. Esta es, pues, la última vez, a falta de un milagro, que Henry Jekyll puede pensar sus propios pensamientos o ver su propio rostro (¡ahora qué tristemente alterado!) en el espejo. Tampoco debo demorarme demasiado en poner fin a mi escrito; pues si mi narración ha escapado hasta ahora a la destrucción, ha sido por una combinación de gran prudencia y muy buena suerte. Si la agonía del cambio me coge en el acto de escribirla, Hyde la hará pedazos; pero si ha transcurrido algún tiempo después de que la haya dejado, su maravilloso egoísmo y su circunscripción al momento probablemente la salvarán una vez más de la acción de su rencor simiesco. Y, de hecho, la fatalidad que se cierne sobre nosotros dos ya le

an hour from now, when I shall again and forever reindue that hated personality, I know how I shall sit shuddering and weeping in my chair, or continue, with the most strained and fearstruck ecstasy of listening, to pace up and down this room (my last earthly refuge) and give ear to every sound of menace. Will Hyde die upon the scaffold? or will he find courage to release himself at the last moment? God knows; I am careless; this is my true hour of death, and what is to follow concerns another than myself. Here then, as I lay down the pen and proceed to seal up my confession, I bring the life of that unhappy Henry Jekyll to an end.

ha cambiado y aplastado. Dentro de media hora, cuando vuelva a ceder para siempre a esa odiada personalidad, sé cómo me sentaré temblando y llorando en mi silla, o seguiré, con el éxtasis más tenso y temeroso de escuchar, paseando arriba y abajo por esta habitación (mi último refugio terrenal) y prestando oídos a cada sonido de amenaza. ¿Morirá Hyde en el cadalso o encontrará valor para liberarse en el último momento? Dios lo sabe; me tiene sin cuidado; ésta es mi verdadera hora de muerte, y lo que ha de seguir concierne a otro que a mí mismo. Aquí, pues, mientras dejo la pluma y procedo a sellar mi confesión, pongo fin a la vida de ese infeliz Henry Jekyll.

Rosetta Edu

CLÁSICOS EN ESPAÑOL

Esperamos que hayas disfrutado esta lectura. ¿Quieres leer esta obra en ebook?

En nuestro Club del Libro encontrarás artículos relacionados con los libros que publicamos y la literatura en general. ¡Suscríbete en nuestra página web y te ofrecemos un ebook gratis por mes!

Recibe tu copia totalmente gratuita al unirte a nuestro *Club del libro* en rosettaedu.com/pages/club-del-libro o escaneando este QR code con tu dispositivo.

Rosetta Edu

CLÁSICOS EN ESPAÑOL

Una habitación propia se estableció desde su publicación como uno de los libros fundamentales del feminismo. Basado en dos conferencias pronunciadas por Virginia Woolf en colleges para mujeres y ampliado luego por la autora, el texto es un testamento visionario, donde tópicos característicos del feminismo por casi un siglo son expuestos con claridad tal vez por primera vez.

Basta pensar que *La guerra de los mundos* fue escrito entre 1895 y 1897 para darse cuenta del poder visionario del texto. Desde el momento de su publicación la novela se convirtió en una de las piezas fundamentales del canon de las obras de ciencia ficción y el referente obligado de guerra extraterrestre.

Otra vuelta de tuerca es una de las novelas de terror más difundidas en la literatura universal y cuenta una historia absorbente, siguiendo a una institutriz a cargo de dos niños en una gran mansión en la campiña inglesa que parece estar embrujada. Los detalles de la descripción y la narración en primera persona van conformando un mundo que puede inspirar genuino terror.

rosettaedu.com

Rosetta Edu

EDICIONES BILINGÜES

De Jacob Flanders no se sabe sino lo que se deja entrever en las impresiones que los otros personajes tienen de él y sin embargo él es el centro constante de la narración. La primera novela experimental de Virginia Woolf trabaja entonces sobre ese vacío del personaje central. Ahora presentado en una edición bilingüe facilitando la comprensión del original.

Durante décadas, y acercándose a su centenario, *El gran Gatsby* ha sido considerada una obra maestra de la literatura y candidata al título de «Gran novela americana» por su dominio al mostrar la pura identidad americana junto a un estilo distinto y maduro. La edición bilingüe permite apreciar los detalles del texto original y constituye un paso obligado para aprender el inglés en profundidad.

El Principito es uno de los libros infantiles más leídos de todos los tiempos. Es un verdadero monumento literario que con justicia se ha convertido en el libro escrito en francés más impreso y traducido de toda la historia. La edición bilingüe francés / español permite apreciar el original en todo su esplendor a la vez que abordar un texto fundamental de la lengua gala.

rosettaedu.com

www.ingramcontent.com/pod-product-compliance
Lightning Source LLC
Chambersburg PA
CBHW030833200726
48285CB00007B/2426